LA MARATÓN DE ATENAS

ExLibric

EVA FRAILE

LA MARATÓN DE ATENAS

EXLIBRIC

ANTEQUERA 2025

LA MARATÓN DE ATENAS
© Eva Fraile
© de la imagen de cubiertas: Marta Piedra
Diseño de portada: Marta Piedra

Iª edición

© ExLibric, 2025.

Editado por: ExLibric
c/ Cueva de Viera, 2, Local 3
Centro Negocios CADI
29200 Antequera (Málaga)
Teléfono: 952 70 60 04
Fax: 952 84 55 03
Correo electrónico: exlibric@exlibric.com
Internet: www.exlibric.com

ISBN: 979-13-87944-50-6
Depósito Legal: MA 1405-2025

Impresión: PODiPrint
Impreso en Andalucía – España

Nota de la editorial: ExLibric pertenece a Innovación y Cualificación S. L.

EVA FRAILE

LA MARATÓN DE ATENAS

A quienes siempre han estado
en mis buenos y malos momentos.

1

Una inocentada

Un 28 de diciembre, como si de una inocentada se tratara, me levanté dispuesta a apuntarme al gimnasio. Podría haberme esperado cuatro días más y que hubiera contado como propósito de nuevo año, pero siempre he sido muy de impulsos y este era uno de ellos.

Eran las 09:30 de la mañana cuando me vi subiendo las escaleras para entrar al gimnasio, que estaba dentro de una urbanización poco modesta. Había elegido esa hora para evitar que hubiera mucha gente viendo cómo una muchacha de 26 años, con su 1,65 de altura, 65 kg y miles de complejos, había decidido ir al gimnasio.

La decisión no había sido fácil; de hecho, se trataba de seguir el consejo de mi amigo Andrés con el fin de reducir mis niveles de estrés y aumentar los de adrenalina y serotonina, con la esperanza de encontrarme mejor. Los turnos como enfermera en el quirófano de urgencias y una ruptura bastante traumática (con la que no te voy a entretener) estaban acabando con toda esa energía de la que mis padres siempre se habían quejado de pequeña, y tenía que recuperarla.

«Apúntate a boxeo» fue la mejor sugerencia que se le ocurrió a Andrés hablando el día antes de lo cansada y asqueada que estaba con la vida.

Como buena *millenial,* en lugar de recorrerme los gimnasios de la ciudad preguntando por clases de boxeo sin contacto físico —pues no estaba dispuesta a recibir más golpes en la vida, aunque sí dispuesta a darlos—, *gugleé:* «Gimnasios *boxing* en Segovia». Las principales respuestas fueron gimnasios con clases de diferentes artes marciales y una reconocida cadena de gimnasios dedicados en exclusiva a impartir clases de *boxing fit,* que desafortunadamente quedaba en el centro, lo cual era una gran desventaja, ya que muchas veces iba a ir en coche y aparcar en el centro, con la hora pegada al culo, siempre se volvía una pesadilla.

Decidí cambiar la búsqueda: «clases *boxing fit* Segovia». *Et voilà*: apareció aquel gimnasio recién inaugurado en una urbanización entre Segovia y un pueblo del alfoz que impartía miles de clases: yoga, zumba, pilates, *spinning, sanda boxing, boxing fit…* y, además, tenía muchísimas máquinas para entrenar uno mismo. Y lo mejor, con oferta: si te matriculabas antes de enero, tenías la matrícula gratis y la primera mensualidad a la mitad. Como joven independizada, se me hizo difícil resistirme a las palabras «oferta especial».

Eché un vistazo a su web: «Horario: 07:30-23:00», perfecto para quienes tenemos una vida a turnos. Decidido.

—¡Hola! Buenos días, venía a apuntarme —dije en la recepción con una sonrisa nerviosa.

—¡Hola! Claro, mira, te explico, tenemos una oferta especial…

—Sí, ya la he visto, matrícula gratis y la primera mensualidad a la mitad —interrumpí, presa de los nervios por querer irme lo antes posible.

—¡Vaya, veo que te lo traes estudiado! —rio la recepcionista—. Mira, pues me vas rellenando la ficha aquí en la *tablet,* por favor, mientras voy a buscar la pulsera.

«López[1], muy listilla, como siempre. Verás como no lo eres tanto en cuanto te toque correr...», era la conversación interna que tenía en mi cabeza mientras rellenaba la ficha.

—Ya está. Firmo en el recuadro, ¿verdad? —dije como cura de humildad y para no parecer una listilla después de haber interrumpido.

—Sí, y ahora te paso una declaración como que no tienes ningún problema cardiaco ni de salud y que puedes hacer ejercicio sin problema. Me la firmas también.

«Madre mía, pero ¿esto qué va a ser?», se preguntó la parte más racional de mi cabeza.

Yo, miope desde los once años, que había tenido asma de pequeña, un esguince de rodilla por bailar demasiado una noche de fiesta y que convivía con una condromalacia rotuliana junto con el menisco interno fisurado en la rodilla izquierda, declaraba no tener ningún problema de salud que pudiera dificultar la realización de ejercicio. ¡Sí, señor! Toda una inocentada. Firmé nuevamente.

—Vale, ya has firmado, te lo mando al correo para que lo tengas.

«Sí, para que cuando me esté muriendo, recuerde que fue todo por voluntad propia el venir aquí a sufrir», pensé.

---

[1] Te extrañarás de que me hable a mí misma por mi apellido, simplemente es porque siempre ha habido muchas Marías en los sitios donde he estado, y bien me han llamado Mari, cosa que detesto, o bien María López, así que, por acortar, decidí presentarme siempre como López.

—Perfecto —respondí con una sonrisa.

—Toma, esta es la pulsera que tienes que utilizar para acceder por los tornos y que también sirve para abrir y cerrar las taquillas de los vestuarios. También te regalamos una toalla como regalo de bienvenida. ¿Tienes la aplicación? —me preguntó, entregándome aquella pulsera negra, impermeable, que indicaba una relación con aquel templo de culto al cuerpo para unos, de tortura para mí.

—Sí, claro —respondí. No iba a haber ido allí sin estar preparada para empezar cuanto antes.

—Vale, lo único es que hasta que no pasen veinticuatro horas no puedes apuntarte a ninguna clase.

—¡Ah! Vale —respondí con cierta tristeza inexplicable, pues aquella misma tarde había clase de *boxing fit*. Mis ansias por descargar adrenalina estaban invadiendo mi cuerpo—. Bueno, está todo, ¿verdad?

—Sí, si no tienes dudas, está. Cualquier cosita nos dices —me despidió aquella mujer con una sonrisa de felicidad al saber que había una nueva «presa» apuntada al gimnasio.

—Hasta luego —dije yéndome por la puerta en dirección a aquellas escaleras que había subido quince minutos antes.

Me dirigí al coche, me giré y saqué una foto digna de Instagram: en primer plano mi muñeca con la pulsera puesta y al fondo el gimnasio. Se la envié a Andrés por WhatsApp junto con un «dije que pasaría y ha pasado» y el emoticono de una mujer tapándose la cara con una mano.

Al momento, me respondió: «Ja, ja, ja, no te creo. Verás cómo me lo vas a agradecer».

La misma imagen, sin texto, la mandé al grupo de la familia en el que estábamos mis padres, mi hermano y yo. Las respuestas no se hicieron esperar.

AaMamá: *¿Qué es eso?*

AaPapá: *Que se ha apuntado al gimnasio, creo.*

Carlos: *La calle es tu gimnasio, no sé para qué has pagado si no vas a ir.*

AaMamá: *Bueno, déjala, por lo menos hace algo. A ver cuánto le dura.*

Yo: *Me iba a apuntar a la clase de boxing de esta tarde, pero tengo que esperar 24 h para poder apuntarme.*

AaMamá: *¿Boxing? ¿A pegarte, dices? ¡Ay, madre! Tú no estás bien.*

Yo: *Es solo pegarle al saco. Estuve buscando bien a ver dónde había que no se pegase entre la gente.*

Toda mi familia estaba «contenta» con mi decisión y yo, nerviosa. El siguiente paso era esperar las 24 horas para poder apuntarme a la clase del día siguiente, pero aquella misma tarde fui a probar las máquinas. Bueno, más bien, la máquina, la cinta de correr, ya que era la única que sabía cómo funcionaba. La estrategia fue subirme a la cinta y observar por el rabillo del ojo mientras caminaba en la cinta —porque no estaba dispuesta a ahogarme delante de la gente— o en alguna «pausa de hidratación» cómo utilizaba la gente el resto de las máquinas. Esta estrategia la desarrollé como fruto de la vergüenza que he tenido siempre de mostrar mi ignorancia preguntando en ciertos ámbitos de la vida; la otra había sido buscar tutoriales en YouTube.

Sobreviví a aquel primer día, me enteré de cómo funcionaba la máquina de remo, por lo tanto, ese primer día fue todo un éxito. Mientras cenaba entré en la aplicación del gimnasio en el móvil y miré el horario de clases. ¡Sorpresa! Ya me podía apuntar a la clase de *boxing* del día siguiente. Pulsé la casilla de reservar y ya estaba. Se lo comenté a Andrés y lo avasallé con mis nervios de novata, con mis dudas de a ver cómo iba a ser aquello, ya que solo me imaginaba que iba a caer golpeada por el saco cual bolo del *Grand Prix*.

Llegó el día siguiente y, con él, la duda de si tendría que llevar mis propios guantes o me los daban. Llamé al gimnasio y me dijeron que ellos tenían guantes para dejarnos a los alumnos. Respiré aliviada y llegó la tarde. La clase empezaba a las 19:00, pero los nervios hicieron que estuviese a las 18:30 subiendo las escaleras del gimnasio otra vez.

Entré, pasé por el torno, bajé al vestuario, guardé la bolsa de deporte que llevaba sin usar desde el instituto en una de las taquillas y saqué la toalla obsequiada el día antes. Subí a la recepción.

—¡Hola! Perdona, es que me he apuntado a la clase de las siete de *boxing* y era para que me dejaseis los guantes.

—¡Hola, María! —respondió la recepcionista, que resultó ser la misma que me había atendido el día de antes—. ¡Qué pronto vienes! ¿Qué talla tienes?

«Mierda, esto no lo hemos buscado, a ver ahora, venga, enséñale la mano y que te diga a ver», le dijo mi subconsciente a mi consciente.

—Pues no sé; mira, para mano de niña —dije enseñándole mi mano derecha. Sacando a la luz uno de mis miles de complejos: tener la mano pequeña, o eso decía la gente, pese a que yo la veía normal.

—Un ocho, yo creo —dijo sacando una caja de cartón llena de guantes de boxeo de la talla 8. Eso supuso para mí un alivio, ya que me dio a entender que habría más gente que utilizaba esa talla—. Aquí tienes, un momentito que te apunte en la hoja. Luego, cuando los devuelvas, nos dices el nombre a mí o a cualquiera de mis compañeros para que te tachen.

—Vale, muchas gracias —respondí cogiendo los guantes y mirándolos, pensando en qué hacer durante aquella media hora que tenía que esperar.

«Pues a la máquina de remo», me dije.

Tenía que poner en práctica la teoría que aprendí el día antes, no se me fuese a olvidar. Dejé los guantes en el suelo. Coloqué la toalla en el asiento; era el primer paso que vi hacer el día anterior, coloqué los pies en los reposapiés y ajusté las correas, cogí el manillar y tiré con todas mis fuerzas, que no fueron suficientes para hacer todo el recorrido, entonces recordé que el día anterior tocaban una ruleta que había y tenía dibujado un símbolo «+» y «-».

«A ver, López, esto será para más duro o más flojo».

Giré la ruleta hacia el menos unos cuantos clacs y volví a tirar del manillar con fuerza, casi saco el asiento del raíl. Otro poco de giro hacia el «+». Tercer intento, mejor, un par de remadas y la pantalla de la máquina se encendió.

«¡Olé! Nos ha costado, pero bueno aquí estamos, camino de ser Saúl Craviotto, a ver si se pasa pronto este rato, no te descuides de la hora», me animaba yo a mí misma, a la par que miraba la pantalla y veía el lento cambiar del número que reflejaba los metros que llevaba remados y lo rápido que iba el cronómetro.

«Oye, que esto no avanza, madre mía, en media hora no vas a hacer ni cien metros. Bueno, venga, dale».

Continué un poco más hasta que paré cuando el cronómetro marcaba dos minutos, me dolían las palmas de las manos del roce de las manos sudadas con el manillar, también empecé a notar cómo me sudaban la espalda y el sudor bajaba hasta el asiento. Ahí entendí por qué la gente colocaba la toalla en el asiento. Pasados treinta segundos volví a remar.

«Va, venga, poco a poco. Haz como si entendieses y estuvieses haciendo series de dos minutos», no me creía que mi subconsciente estuviese dándome tales ánimos, pensé que sería cosa de la adrenalina del momento.

Por mi izquierda comenzaron a pasar varias personas con guantes de boxeo en la mano, algunas con la toalla al cuello cual boxeador profesional y una botella de agua o, en su defecto, cantimploras que para mí parecían bidones. ¡La botella de agua!, la misma que yo no había llevado, primer fallo de novata. Dejé el manillar en su sitio, despacio para no armar escándalo, aflojé las correas de los reposapiés, me miré las manos en las que se habían empezado a insinuar unos callos, cogí los guantes del suelo, me levanté y por último recogí la toalla del asiento. Me acerqué al grupo de gente que estaba esperando al lado de la zona de los sacos.

De cerca aprecié cómo la mayoría de los hombres podían servir de maniquís para unas clases de anatomía; se les notaban todos los músculos de los brazos y las piernas, los mismos que yo nunca me encontré cuando estudié anatomía en la carrera.

Empecé a notar cómo me subían las pulsaciones sin haber empezado la clase. Intentando evadir cualquier clase de saludo cordial por parte del resto de personas que iban llegando, miré cada rincón de la zona de los sacos de boxeo.

«Dos, cuatro, seis, ocho, diez, doce, trece y catorce, aquel de allí atrás como que queda muy pillado con la ventana, a ver si no me toca. ¡Anda! Un reloj de estos con cronómetro como los de los *crossfiteros*. Bueno, menos mal que esto no va a ser tan bestia como el *crossfit*», conversaba conmigo misma hasta que el reloj marcó las 19:30. Entonces centré mi mirada en el resto de los participantes de la clase, para seguirles como una oveja al resto del rebaño.

Fue entonces cuando me percaté de que estaban vendándose las manos con unas vendas de tela larguísimas.

«Bueno, no será para tanto esto, ¿no?».

Mi cabeza empezó a asustarse, pero estaba segura de que no iba a haber nada peor que esperar los resultados de una oposición. ¡Dos años, pandemia de por medio, tardé en firmar la plaza en el hospital!

—Vamos, chicos, nos vamos colocando en los sacos —dijo la instructora, a quien tímidamente me acerqué.

—¡Hola! Soy nueva, ¿me pongo en cualquier saco? —le pregunté con mi característica vergüenza.

—Hum… pues, a ver… Claro, gente nueva… pues ponte de este lado en el cuarto saco y te fijas en los chicos de al lado cómo hacen —me respondió.

Allí, a cada lado del cuarto saco, había dos pilares de 1,80 m. Allí puse mi 1,65 m, que debía copiar los movimientos y golpes de aquellos dos hombres que bien podían ser mis guardaespaldas.

«Siempre te han dicho que aprendes rápido, vamos, López, seremos la nueva Rocky Balboa», no me faltaba motivación.

Empezó a sonar *Bombón* de Daddy Yankee.

—Comenzamos con calentamiento multiarticular. Arriba las piernas, giramos los tobillos, punta-talón… —comenzó la instructora con un tono de voz alto y potente.

«Son un bombón, son un bombón… Oye, pues la música está bien, ¡eh! Na, na, na… Vaya fiesta se montan aquí».

Mi cerebro mandaba endorfinas a todos mis músculos a ritmo de reguetón. No había empezado nada mal la clase.

La música se cortó en seco, e inmediatamente sonó un silbato que indicaba el comienzo de la otra «fiesta».

—*Sprint* de diez. Diez, nueve, ocho, siete, seis, cinco, cuatro, tres, dos, uno. *¡Burpees!* —fue lo siguiente que nos mandó la instructora.

«Burp… ¿qué? Copia a este de delante, a ver… al suelo, salto de rana, salto arriba con los brazos. Venga, salta la rana que olé, olé salta la rana». Mi cerebro estaba cortocircuitando, pasando de Daddy Yankee a María del Monte, pero ahí estaba yo, dando mis primeros barrigazos pensado que eran *burpees.*

—Cinco, cuatro, tres, dos, uno. *Mountain climbers* —escuché mientras estaba tumbada empezando un nuevo *burpee.*

«También hay que saber ahora idiomas en esto… menos mal que tienes el C2 de inglés, esto lo tienen que avisar como lo de los guantes y el agua. Bueno, el agua ha sido fallo técnico. Venga a seguir con la imitación», pensaba mientras me fijaba en cómo el bigardo del tercer saco estaba bocabajo, apoyando las palmas de las manos en el suelo, los brazos extendidos hacia arriba, una pierna estirada apoyando solo la puntera en el suelo mientras la otra la flexionaba hacia el pecho y volvía junto a la otra para que esta hiciera el mismo recorrido hacia el pecho. Me pareció fácil hasta que me puse a hacerlo y de repente…

—Más rápido, vamos ahí, Miguel, Mar, la chica nueva…

Y yo, con toda la adrenalina de mi cuerpo, aceleré el ritmo y, ¡plas!, la puntera que tenía apoyada se me resbaló y planchazo al suelo. Me recompuse lo más rápido posible cuando…

—*¡Burpees!*

«¿Otra vez? Esto es peor que la mili, yo he venido a pegar puñetazos, no a esto. *Emosido* engañados». El sudor empezaba a brotar de mi frente y no habían pasado ni diez minutos de la clase.

Después de más ejercicios como *jumping jacks,* sentadillas isométricas, plancha abdominal con *burpees* entre medias, sonó una campana como la de los *rings* de boxeo.

—Rápido arriba, nos colocamos los guantes, nos ponemos frente al saco, piernas izquierdas adelantadas, posición de guardia, puños al techo, codos al suelo. Porque en tres, dos, uno, comenzamos.

Un nuevo clin, clin, clin sonó y comenzaron los puñetazos al saco.

Yo fui capaz de seguir los pasos hasta los puños al techo, codos al suelo, luego lo de dar los puñetazos se convirtió en un auténtico sufrir.

—*Jab, jab, cross, cross, hook* izquierdo, *hook* derecho, *jab, jab, cross, cross* —era lo que repetía aquella mujer cuyo papel de instructora estaba empezando a considerarlo como un sargento del ejército estadounidense.

Todas esas palabras que a mí no me sonaban de nada resultaron ser el nombre de los golpes. Yo había estado esperando un «izquierda, derecha, gancho», cosas más comprensibles en un primer día. Ante mi torpeza, la sargento se acercó a mi saco, se colocó entre el hombre del tercer saco y yo. Me miró y dijo:

—Atenta. *Jab, jab, cross, cross, hook* izquierdo, *hook* derecho, *jab, jab, cross, cross.* —Todo ello simulando estar dando a un saco.

Yo intenté seguir el ritmo, tenía cogido el orden, pero no el cómo. Repitió la secuencia y con toda la concentración del mundo, llegué a la conclusión de que el *jab* era golpe con la izquierda. *Cross,* golpe con la derecha. Los *hook* eran a los laterales, arqueando el brazo. Me alegré de haberlo entendido. Pero la alegría me duró menos que canta un gallo, pues el primer *round* acabó a los pocos segundos. Otro clin, clin, clin marcó el inicio del segundo *round.*

—*Hook* izquierdo, *hook* izquierdo, *hook* derecho, *hook* derecho, *jab, cross.* Hook izquierdo…

¡Otra combinación diferente! Yo que pensaba que no tendría que volver a estudiar nada después de aprobar la oposición me veía haciendo esquemas de los *rounds.*

Pasó la hora de clase, que no fueron solo ocho *rounds,* sino que después de ellos, otra sesión de *burpees, mountain climbers,* planchas abdominales… en los que yo hice lo que pude, ya que las piernas iban por un lado y mis brazos por otro.

Al acabar, la instructora se acercó de nuevo a mí.

—Muy bien para ser el primer día, ¿no? —me dijo con una cara alegre.

—Sí, bueno, tendré que estudiar un poco, porque yo no me aclaro todavía —respondí.

—Vuelve mañana, así lo cogerás rápido, verás —me espetó junto con una palmadita en el hombro izquierdo.

«Vamos a volver mañana, sí, pero a borrarnos, pero esto ¿qué ha sido? Si empezó muy bien ahí con el musicote, luego nos han dado pal' pelo de lo lindo».

«Esto es horrible, que no solo hay que darle al saco, he sudado como en mi vida, y no me sé los golpes, yo no vuelvo a esto, ¡eh!», fue el WhatsApp que le envié a Andrés nada más me monté en el coche después de salir del gimnasio con la bolsa de deporte al hombro y más sed que en el desierto.

«Bueno, mujer, eso es en lo que le coges el tranquillo ;)», me respondió Andrés.

En el camino del gimnasio a casa me puse la canción del calentamiento en el coche a todo volumen. Había sido lo único bueno que saqué de aquella hora eterna. Me duché, cené y mientras llamé a mis padres.

—¿Qué tal? —me preguntó mi padre.

—Bien, bueno, no me lo esperaba así. He hecho el salto de la rana, pegado barrigazos… y darle al saco alguna vez, pero bueno, me ha gustado. Quizás vuelva mañana.

—Pero ¿estás bien? ¿Te has hecho daño? —salió mi madre, para quien la preocupación siempre ha sido un modo de vida.

—Mamá, que sí, qué pesada siempre igual. Que ya soy mayor, ¿eh? Además, tienen moqueta, de las de los parques, que amortiguan el golpe.

—Entonces, ¿te has dado?

—¡Que no! Que te estoy explicando. Bueno, lo peor ha sido que no me llevé botella de agua.

—Mira que te lo tiene dicho tu padre, que siempre hay que tener en el coche agua y papel higiénico —añadió mi padre, sabio de sabios.

—Bueno, que eso, que he sobrevivido, voy a ver si acabo de cenar y veo la tele.

—Pues pronto nos despachas —refunfuñó mi madre—. ¿Qué estás cenando? Porque tú te haces cualquier cosa con tal de no cocinar.

—Ensalada César.

—Pues sí que te ha dado fuerte ahora el modo sano —contestó mi padre.

—Y el pollo, ¿cómo lo has hecho? —siguió mi madre con el interrogatorio.

—Pues en la *airfryer* —contesté con tono burlón.

—Friégala luego, que si no, se te queda todo ahí y luego no se quita. —Otro consejo de la vida, esta vez por parte de mi madre.

—¿Alguna cosa más?

—No. Hala, venga, que ya has cumplido —se quejó mi madre.

—Hasta mañana, anda. Un beso.

—¡Adiós, hija! —se despidieron al unísono.

Nada más colgar, entré en la aplicación del gimnasio, horarios de clases y reservé para la clase de *boxing fit* del día siguiente.

—Bueno, a ver si ahora te vas a volver vigoréxica. No te flipes que en dos días es Nochevieja, a ver si no llegas —me dije en voz alta.

«Me acabo de apuntar a la clase de mañana. No sé qué será de mí. Eres un liante», le escribí a Andrés.

«Eso es que te ha gustado. Mira que te gusta quejarte. Al principio cansa, pero luego ya le coges el tranquillo, verás», me respondió.

Andrés era, es y será mi amigo, así se lo he dicho y le he condenado muchas veces de por vida. Lo había conocido, por aquel entonces, hacía año y medio, por casualidad. Lo típico de amigo de una amiga un día de fiesta. Pagó una de las rondas y le pedí el número para hacerle un Bizum. Y a raíz de aquello, sin saber cómo ni por qué, nos comenzamos a contar nuestras desdichas diarias del trabajo y de la vida. Se ganó mi cariño y confianza a base de escucharme y darme ánimos cuando ni yo misma me soportaba, aunque ahora le quería odiar por haberme hecho la sugerencia del año de hacer boxeo, no podía. Andrés se había convertido en mi persona vitamina; esa que te da el chute de energía cuando lo necesitas, quien te hace reír cuando lloras y cuando no. Andrés es calma y paz.

Esa misma noche, el orgullo no me dejó irme a la cama tranquila, sino que me hizo entrar en YouTube a ver un par de tutoriales de los golpes.

- *Jab*: distancia larga con brazo izquierdo.
- *Cross*: distancia larga con brazo derecho.
- *Hook*: distancias cortas. Izquierdo en la parte anterior, derecho hacia la parte posterior.

Fue el esquema que se guardó en mi cabeza hasta el día siguiente.

La mañana del 30 de diciembre amaneció con un diluvio digno de la Biblia. A las 10:00 de la mañana comenzaba la clase, así que hice el esfuerzo de madrugar para ir. Dentro de las cosas más impensables del mundo estaba madrugar para ir al gimnasio, pero se había obrado el milagro al igual que el de haber decidido apuntarme.

Volví a aquella nave de ladrillo, que no de hormigón, con una cúpula de chapa y enormes ventanales alrededor que permitían a los viandantes sentir la curiosidad de ver qué se hacía allí dentro y a los que estaban en el interior a exhibir su físico esculpido a base de sudor y complementos nutricionales.

Antes de comenzar la clase, la instructora se acercó a mí. «¡Que viene, que viene!».

—¡Hombre, has vuelto! Perdona, ¿te llamabas?

—María López, pero me puedes llamar López.

—Tú hoy tranquila, a tu ritmo, no intentes seguir el ritmo de estos —dijo, señalando al resto de asistentes a la clase—. Procura ir dándole al saco y no te agobies.

—Vale, vale.

«Sí, bueno, si ellos pueden, tú también», pensó mi hemisferio izquierdo de la cabeza.

«Podremos, pero con tiempo. No has hecho esto en tu vida, *Hulio*. Vienes de haber hecho gimnasia rítmica, que se parece a esto lo que un huevo a una castaña. Ten cabeza», pensó el hemisferio derecho.

Mi cabeza se había dividido en dos. Estaba a la vez con y contra mí. Mi hemisferio izquierdo se había convertido en una especie de auriga, se encargaba de mi orgullo y amor propio para que las fuerzas no me flaqueasen. Mientras que mi hemisferio derecho era el que me hacía poner los pies en tierra y regular el ritmo.

Pasó la clase. Esta vez la acabé con bastante aliento y muchísimo menos sufrimiento, tanto psicológico como físico.

—Muy bien, ¡eh! Te he visto mucho mejor, de verdad.

—Gracias, es que esta noche me he estudiado los golpes bien, cómo darlos.

—Se nota. Oye, mira a ver si te quieres quedar a la clase de HIIT y pruebas otras cosas diferentes, seguro que te va a gustar. Es solo media hora.

«Venga, vamos, hemos sobrevivido bastante bien, por media horita más, no creo que pase nada», animó el hemisferio izquierdo.

«Si quieres prueba, mañana no vas a venir. Pero eso sí, con cabeza, a tu ritmo, que ya has visto que la gente lleva más tiempo que tú», apostilló el hemisferio derecho.

—Vale, lo único, a mí explícame todo, que yo de esto no controlo ni sé nada.

—Sí, tú tranquila, no te preocupes.

Lo que yo no sabía era que era solo media hora porque ni los cuerpos de los más atléticos aguantarían aquello durante una hora. Resultó que HIIT eran las siglas de *High Intensity Interval Training* o lo que es lo mismo, entrenamiento a intervalos de alta intensidad. ¿Dónde iba yo con alta intensidad? Pero allí estuve los treinta minutos, mirando más que haciendo.

«Bueno, nos han engañado bien, pero por lo menos estamos más relajados».

«Lo de hoy ya lo hemos hecho, vamos a ver el lado positivo».

El resto del día se resumió en una ducha, comer lentejas con chorizo, una siesta y turno de doce horas por la noche.

Al día siguiente, llegué a casa, desayuné y me metí en la cama hasta la una de la tarde, para comer sopa, ya que la cena iba a ser contundente y no podía echar por tierra los tres días que había ido al gimnasio. Por la tarde, pensando en el *outfit* para la noche, consultando con Andrés entre diferentes opciones. Ducha, cena, campanadas con uvas y ¡cotillón!

Nunca olvidaré aquel cotillón. Estuve con Laura, amiga y compañera del trabajo, y sus amigas, ya que las relaciones sociales nunca han sido mi fuerte y siempre he sido la «acoplada» cuando he salido de fiesta. Estuvimos inmersas en una multitud de gente, otro de mis puntos débiles. Recibir codazos, empujones, estar pendiente de que no me tiren del bolso, que no me echen nada en la bebida y, además, respirar aire que no sea el que exhalan el resto de personas, me ha generado siempre mucho estrés, pero tenía que cumplir con esa etapa de la vida de salir de fiesta y pasármelo bien, o al menos intentarlo, pues la vida solo pasa una vez. Por si todo esto no hubiera sido poco, aparecieron unas invitadas especiales e inesperadas: las agujetas. Me topé con ellas en un «suavecito para abajo, para abajo» de King África. Yo, que siempre presumía de mi flexibilidad, de perrear hasta el suelo, era una tabla.

—¿Y esa cara? ¿Qué te pasa? —me preguntó Laura.

—Pues ríete, que me he apuntado al gimnasio, llevo yendo tres días y claro, este cuerpo escombro no está acostumbrado y estoy con agujetas —respondí.

—Solo se te ocurre a ti. —Rio—. ¿No podías haberte esperado a que pasasen todas las fiestas?

—¿Cuándo he esperado yo a algo? —respondí junto con una mueca.

—También es verdad. Bueno, tú bebe que seguro que así te duelen menos.

«¡Hala! A problemas, soluciones. Laura siempre tan ocurrente, no te flipes que luego estamos toda la noche yendo a mear y hoy habrá unas colas que ni en Zara».

Y después de unas cuantas copas, diecisiete paseos al baño, mucho baile y dolor de pies por llevar tacones a los que no estaba acostumbrada, acabó la Nochevieja.

«Bueno, a ver cuándo quemamos todo este alcohol que el baileteo ya te digo yo que no ha sido suficiente».

«Por favor, no son horas de estar ahora azuzando, vamos a dormir y mañana veremos».

Al día siguiente comenzó un nuevo año en el que no volví a pisar el gimnasio hasta mediados de enero. Tenía que prepararme mentalmente para asumir que los excesos durante las navidades no iban a ponerme nada fácil seguir el ritmo del resto de gente del gimnasio. Para coger un poco de motivación, uno de esos días, fui a Decathlon a por unos *tops* deportivos y unas mallas. Solo se me ocurrió a mí ir en plena cuesta de enero, lo sé, pero así me veía obligada a tenerlos que usar y, por lo tanto, ir al gimnasio.

Comencé la vuelta yendo a *boxing* dos días a la semana según lo podía compaginar con los turnos en el trabajo y mi inmensa pereza de madrugar para ir a sudar.

Cuando comenzó a llegar el buen tiempo, por marzo, me atreví a ir a una de las clases de por las mañanas, con la misma monitora, pero otra modalidad. No, HIIT no, se quedó con la cruz hecha. Fui a *Skill Cross Training*, la envidia de ver a la gente en los *stories* de Instagram hizo que picase una vez más. Fue toda una sorpresa, incluso para la monitora.

—Hombre, López, ¿cómo tú por aquí a estas horas temprano? —dijo con una sonrisa malévola.

—Ya ves que ayer me vine arriba, esta mañana abajo por madrugar, pero aquí estoy, a ver cómo se hace esto. A mí, ya sabes, explícame que yo he visto los vídeos, pero ni idea.

—Bueno, tranquila que vas a ir de pareja con Inma —dijo señalando a una mujer rubia de 1,70 de unos 50 años.

—Vale. Soy un pato mareado, ya te aviso —dije dirigiéndome a la que iba a ser mi compañera de sufrimiento durante la siguiente hora.

En un par de minutos, la monitora, que por cierto tiene nombre, Elena —pero por aquel entonces ya la habían bautizado como la teniente O'Neil, por la intensidad de sus clases y alta exigencia— explicó el circuito que para mí se me asemejó a la preparación militar de Estados Unidos: sentadillas con balón, *burpees,* remo, correr alrededor del gimnasio, *jumping jack* con barra, *swing*, abdominales de *crossfit* y el descubrimiento del día para mí: *Skill Mill*. Era una de esas máquinas que el primer día intenté averiguar su funcionamiento, pues aparentemente era una cinta de correr, pero nadie la utilizó. Aquel día entendí por qué.

Skill Mill es, aparentemente, una cinta de correr, con una palanca y unas barras frontales; la sorpresa es cuando eres tú quien tiene que hacer que la cinta avance. Es decir, tienes que ir propulsando la cinta para ponerla en movimiento e irá avanzando en función de lo rápido que seas capaz de hacerla mover. La palanca lateral es la que regula la resistencia que pone la cinta a la fuerza que ejerces: cuanto menor resistencia, menos fuerza tenías que hacer; cuanto mayor resistencia, mayor fuerza tienes que hacer e incluso has de apoyarte en las barras frontales apoyando el pecho para no lesionarte. Como fue de prever, la teniente O'Neil nos hizo ponerle la mayor resistencia.

No había empezado y solamente con la explicación yo estaba cansada, pero ya que había madrugado y estaba allí, no podía dejar a Inma sola. Fue una hora de tremendo sufrimiento, muchos resoplidos a la par que ánimos por parte de Inma y Elena. Al acabar, me quedé sorprendida de seguir con aliento después de tanto esfuerzo y de quedarme con ganas de repetir.

«Oye, qué de adrenalina, además hemos hecho todos los ejercicios, a nuestro ritmo, pero muy bien. Hay que volver».

Repetí otro par de veces aquella clase, hasta que una semana, por trabajo, no pude ir, pero lo compensé yendo ¡a otra clase diferente!: *Iron Session*. Con ese nombre prometía ser emocionante y dura a partes iguales.

Iron Session consistía en trabajar diferentes músculos, pero todos los del cuerpo, mediante cuatro repeticiones del mismo ejercicio, moviendo un peso determinado en barra, que en este caso era yo quien decidía cuánto peso iba a mover, pudiendo aumentar en las diferentes repeticiones. ¡Por fin una clase en la que yo decidí algo!

Al ser el primer día, para decidir con qué pesos comenzar, utilicé la técnica milenaria de copiar al resto. Cogí los mismos pesos, que, como si de gominolas se tratase, tenían colores de lo más llamativos para motivar. Después de las dos primeras series, me ardían los brazos, que pese a llevar meses dando puñetazos a un saco lleno de arena, no tenían fuerza suficiente para levantar aquellos pesos, por lo que Elena, apiadándose de mí, me acercó las pesas de menor peso.

—¡Toma, anda! No sé cómo te has puesto tanto peso si no puedes con ello.

—Pues como el resto —respondí.

—El resto lleva viniendo mucho tiempo, para ti es el primer día.

Lo que yo había deducido antes, pero mi hemisferio izquierdo se había venido arriba.

«Bueno, anda, menos que los demás, mira, hay gente más mayor que tú y que puede, ¿cómo no vamos a poder?».

«Pero a ver, es el primer día, podíamos hacerle caso a Elena, vamos a cambiar».

«He dicho que no, así no vamos a hacer nada».

Así que bajé de peso un par de series y subí el peso otra vez, coincidiendo con los ejercicios de cuádriceps. Pareció que las piernas las tenía mejor que los brazos, hasta que llegó el momento de las zancadas.

—No, mira, tienes que formar un ángulo de 90° con la rodilla, no te vayas tan para a…

¡Pum!

De culo con la barra al cuello me caí hacia atrás como estaba viendo venir Elena.

—¿Ves lo que te iba a decir? No puedes abrir tanto, porque es mucho peso para ti y te vas para atrás. Hazlo solo con la barra, ya irás subiendo.

«Bueno, qué ridículo más grande, encima ahora con la barra como si fueses una niña. Primera y última vez que venimos a esto».

«Bueno, a ver, quizás es que no hemos hecho caso de primeras y hemos querido seguir al resto, y no somos como el resto. No sé, digo yo».

«Ya está don hemisferio derecho intentando consolar. Vamos a acabar cuanto antes, por favor».

Y acabé la clase con ganas de llorar y dolor de culo. De vuelta a casa, ese día me puse *All Falls Down* en el coche. Fue la canción que en su día escuché después de haber aprobado mi primera oposición. Me la ponía siempre que tenía ganas de llorar pero no acababa de llorar, con el fin de ponerme a llorar y descargar toda la rabia y frustración que tenía. Y así pasó.

Al llegar a casa, después de ducharme, le conté el drama a Andrés.

Andrés: *¡Ay, pobre! Bueno, a ver, esas cosas pasan y si dices que pusiste mucho peso... Tú vuelve y prueba otra vez y hazle caso a esa mujer.*

Yo: *¿Que vuelva? ¿A qué?*
¿A hacer otra vez el ridículo?

Andrés: *No, a ir poco a poco e ir mejorando.*

Yo: *No sé, esta vez no me convences.*
Encima me duele todo y añadido el culetazo.

Pasaron los meses y me mantuve en lo único que me veía y sentía cómoda: *boxing*. Elena me ponía al lado de gente que empezaba de cero para que les ayudase con los golpes y las coreografías. Un día me tocó al lado de Inma que había empezado a ir a *boxing*.

—¡Hombre! ¿Qué tal? No has vuelto al *Skill* —me dijo alegrándose de verme.

—No, tuve suficiente como prueba, eso no está hecho para mí.

—¡Qué boba! Vente mañana que vengo yo también.

—Bueno, ya veré. Ahora, vamos con esto —dije, riéndome.

«Oye, pues podemos volver a probar, no acabamos tan mal, la única pega es madrugar».

«Debemos descansar, además si desayunamos y venimos, lo mismo vomitamos».

«¿Perdón, eso que he oído es una excusa barata?».

«No, no lo es. Solo es una cosa razonable y lógica. No somos deportistas de élite».

«Al acabar, te apuntas en la aplicación».

Fue la conversación de mi cabeza a los treinta segundos. Acabó la clase de *boxing*. Con las manos aún vendadas y llenas de sudor, cogí el móvil y reservé plaza en la clase de *Skill* a las 09:00.

—Me acabo de apuntar, pero a ver si soy capaz de levantarme.

—¡Que sí, mujer! —dijo Inma, que siempre tenía una actitud positiva, al contrario que yo.

—¿A qué te has apuntado, López? —me preguntó Elena, que tenía el don de verlo y oírlo todo como buena teniente.

—Nada, al *Skill* de mañana, pero que no sé si tendré yo cuerpo para levantarme y venir.

—¡Qué bien! Si te va a venir muy bien, verás, vente. «¿Ves cómo era buena idea?».

«Vamos a vomitar; luego, no quiero reprimendas».

A la mañana siguiente, sonó el despertador a las 07:45, saqué fuerzas de algún lugar que hoy en día no sé cuál es, y me levanté. Desayuné un vaso de leche con galletas, para evitar vomitar en el *Skill*. Me enfundé las mallas, el *top*, una camiseta y una sudadera, me recogí el pelo en una coleta alta, cogí la bolsa de deporte junto con las llaves del coche y salí de casa. Para no caer en la tentación de inventarme una excusa para no ir, de camino al gimnasio me puse *Titanium,* de David Guetta, en el coche. Con más motivación que un niño pequeño para ir al parque, llegué al templo de culto al cuerpo.

—Hombre…, si has venido —dijo Elena.

—¿Ves? Te dije que vendría, que la animé yo —dijo Inma.

—Sois unas liantas las dos, no os regocijéis —les respondí—. Eso sí, a mí o me pones con Inma o si no nada, ¿eh?

Cuando Elena hizo las parejas, yo con Inma por supuesto, me llamó la atención una pareja formada por Carmen y Miguel.

—Mira, María, aquí tienes a Carmen y Miguel, ¡eh!, con sus ¿setenta y cuántos, Miguel?

—Setenta y ocho —dijo Miguel.

—Setenta y dos —dijo Carmen.

—Veintiséis —dije.

«Bueno, hoy será *light*, porque si no, estos dos pobres se infartan y no vamos a estar para atender a nadie».

«Oye, pues mira, olé por ellos que vienen y madrugan, que nos ha costado un poco hoy, eh. No prejuzguemos tanto».

Contra el presentimiento de mi hemisferio izquierdo, el circuito no fue para nada de menor intensidad; fue mayor, si cabe.

Durante la hora que duró la clase, no dejaba de comentar con Inma que estaba alucinando con Carmen y Miguel.

—¡Oye!, pero ¿y estos dos? Me dan mil vueltas, estoy oxidadísima —le dije a Inma con la voz entrecortada mientras corríamos alrededor del gimnasio, incapaces de alcanzar a Carmen y Miguel, que habían salido a la par que nosotras a hacer los 200 metros.

—Sí, maja, están en plena forma.

«Bonita, ya podemos espabilar. No puede ser que ellos, con más del doble de tu edad, estén tan frescos y aquí nosotros asfixiados».

Al acabar, no pude menos que acercarme a ellos.

—A vuestros pies. ¡Qué envidia me dais!

Carmen y Miguel se rieron al unísono.

Después de estirar y recoger el material, Elena se acercó a mí, yo temblando porque cada vez que me decía algo era para liarme y apuntarme a alguna clase.

—¿Has visto? Si ellos pueden, tú también.

—Bueno, pero ellos porque se animarán todos los días, ¿qué son, un matrimonio?

—¡Qué va! Se han conocido aquí en el gimnasio. Pero ves, si ellos pueden, tú también puedes, poquito a poco. Tienes que venir a clases diferentes del *boxing* porque, si no, no vas a notar nada. El *boxing* está muy bien y se te da bien, pero tienes que hacer más cosas para trabajar todo.

—Bueno, poco a poco.

Aquella mañana, mientras comía, comenté la aventura del día en el gimnasio a Andrés, como buen confesor.

> **Andrés:** *¿Ves? el único límite eres tú. Yo tampoco podía con mucho peso al principio, me ahogaba cada dos series.*

> **Yo:** *Ya, pero yo voy tarde. Eso sí, no te creas que no estoy «picada» por dentro, ¡eh!*

> **Andrés:** *Nunca es tarde, no seas tonta.*

Estuve el resto del día mentalizándome de que tenía que cambiar de actitud, seguir el ejemplo de Carmen y Miguel, pues por un lado sí quería mantenerme activa, pero por otro, la pereza de conseguir organizar turnos y vida con el gimnasio no dejaba de estar presente.

Por la noche, ya en la cama, me acordé de mi abuela Chon, con quien tuve siempre una relación especial. Siempre presumió de mí.

—Vas a llegar a ministra de la Gobernación —decía siempre.

Por no hablar de lo mucho que le gustaba presumir de nieta con el resto de gente en el pueblo.

Mi abuela siempre fue una mujer avanzada a su tiempo. Cuando abrieron las piscinas en el pueblo, se apuntó a clases de natación y desde entonces todos los veranos iba dos horas a nadar a primera hora para no toparse con nadie. Durante el resto del año tampoco fallaba a sus caminatas a las seis de la mañana lloviese, tronase o hiciese el tiempo que hiciera, a veces sola, otras veces acompañada por otras mujeres del pueblo. Ella caminaba sus 20 km todos los días. Después de su paseo mañanero, a las nueve comenzaba su visita por las casas de personas más mayores a las que les hacía las tareas del hogar, aseaba, vestía y dejaba hecha la comida. En total, atendía a ocho personas. Por la tarde, bien iba a gimnasia con la asociación de mayores, a canto o a misa. Era un no parar de mujer y siempre le dije que yo quería ser tan activa y enérgica como ella.

Desafortunadamente, mi abuela había fallecido hacía ocho años, cuando yo comencé a ir al gimnasio. Como medida de autoprotección, trataba de no pensar a menudo en su ausencia, porque era entonces cuando se me venía el mundo encima pensando en si estaría orgullosa de todo lo que había ido consiguiendo, en los consejos que me daría si estuviese viva. Aquella noche, lo hice, pensé en su ausencia, en lo activa que era y en la promesa que le hice. Lloré. Lloré un mar de lágrimas, que hicieron prometerme no fallar a mi abuela. Pensé que quizás la aparición de

Carmen y Miguel en mi vida era una señal de mi abuela para motivarme a probar nuevas clases y no pensar que fuese imposible.

2

Carmen

Era la tarde del 27 de mayo de 1975, el calor del verano se iba dejando ver entre la brisa de la primavera. En el gran patio del claustro de la universidad posaba la LXI promoción de licenciados en Derecho, entre quienes estaba una joven con pelo castaño claro, ojos grisáceos y 1,70 de altura, esbelta, luciendo un vestido granate largo conjuntado con un cinturón dorado en la cintura y unas sandalias negras que le proporcionaban más altura, obligada a quedar enmarcada en la parte de atrás del grupo en medio de todos los hombres de su promoción. Ella era Carmen Gómez Urrutia, hija de un marino y una zurcidora de San Sebastián. Carmen había migrado a la ciudad al cumplir 18 años para comenzar sus estudios en Derecho que finalizó en ese 1975. Durante la carrera conoció al que fue su marido y compañero de gabinete, Nicolás González. Los dos tuvieron los mejores expedientes de su promoción, lo que hizo que su gabinete González-Gómez fuese uno de los más reconocidos en la ciudad.

A los dos años de fundar el gabinete tuvieron a su primera hija, Uxue, morena de ojos marrones y dos hoyuelos en las mejillas, igual que los de su padre, que convertían su sonrisa en un deleite para sus padres y los animó a buscar un segundo hijo al cabo de tres años.

Ese segundo hijo resultó ser una nueva niña, Candela, quien heredó la melena castaña y ojos claros de su madre. Los cuatro formaban una familia maravillosa, llena de grandes éxitos laborales; de hecho, consiguieron comprar el local del despacho y el piso de cinco habitaciones y tres baños que había encima de él. Pero para Carmen, el trabajo le estaba quitando demasiado tiempo que no pasaba con sus hijas, a quienes apenas había visto crecer y ya tenían nueve y seis años, cuando decidió dejar el despacho y dedicarse de lleno a la crianza de sus hijas. Esto no le pareció buena idea a Nicolás, pero ella, con su carácter del norte, le convenció para que lo admitiese.

Carmen se levantaba a las siete de la mañana, salía a por el pan recién hecho, desayunaba, a la par que preparaba el desayuno para Uxue y Candela, después las despertaba con un beso en la frente y les mandaba ir a desayunar. Como Carmen era una mujer que le gustaba aprovechar el tiempo, mientras las niñas desayunaban en la cocina, las peinaba con trenzas y les hacía el almuerzo. Luego las llevaba al cole, salía a caminar diez kilómetros por las afueras de la ciudad y volvía para hacer la comida e iba a recoger a sus hijas al colegio. Nicolás no volvía a casa hasta las diez u once de la noche, eso las noches que iba a casa, pues otras decía que tenía que irse fuera ya que tenía clientes de otras ciudades.

Así pasaron los años. Muchas veces, Carmen echaba de menos el ajetreo del bufete, pero luego pensaba en sus hijas, esbozaba una sonrisa y continuaba con lo que estaba haciendo.

Un día, cuando Uxue empezó la universidad, Carmen se percató de la independencia que habían ido adquiriendo sus hijas, lo que le hizo plantearse volver al gabinete, pues ya no pasaba tanto tiempo con ellas como cuando eran unas niñas; no se había perdido ningún momento de sus vidas y ella echaba de menos trabajar para sí misma.

Aprovechó la cena de Nochebuena para comentarlo con la familia.

—Me gustaría deciros una cosa.

—¿Mamá? ¿Todo bien? —preguntó Candela, asustada.

—A ver, ¿ahora qué te pasa? —dijo Nicolás, que ya había acabado una de las botellas de vino.

—Nada, simplemente creo que ha llegado el momento de volver a ejercer, lo necesito. He estado con vosotras todo el tiempo que habéis necesitado, y ahora necesito tiempo para mí —dijo mientras una lágrima comenzó a descender por su rostro.

—¡Mamá, vaya susto! —gritó Uxue.

—Por mí no lo hagas, yo me he apañado muy bien todos estos años sin ti —respondió Nicolás encendiéndose un cigarrillo.

—No, no es por ti, Nicolás, de hecho, voy a tener mi propio despacho. Contigo solo compartiré este techo y, a partir de hoy, duermes en lo que era el cuarto de juegos de las niñas.

—¡¿Qué?! —gritó Nicolás a la par que tosió.

—Sé que tienes una amante, desde hace años. Es una gestora de una de las compañías de seguros con las que trabajas. Pero, tranquilo, el divorcio no te lo voy a pedir, a menos que tú quieras —dijo Carmen con voz seria sin dejar de mirar a Nicolás.

—Papá… —murmuró Candela.

—Carmen, ¡no inventes! —replicó Nicolás, sin dejar de fumar y toser.

—No invento; son las facturas de floristerías, restaurantes y hoteles en un mismo día las que te delatan —dijo Carmen en un tono tranquilo.

—Carmen, te lo puedo explicar.

—No necesito ninguna explicación.

Se hizo un silencio de segundos que parecieron horas, y Nicolás, tras apagar el cigarrillo, encendió otro, se levantó de la silla sin mediar palabra y se dirigió al dormitorio principal. En medio de aquellos quince metros cuadrados, cuyas paredes estaban empapeladas con motivos exóticos, estaba la cama en la que Nicolás había pasado menos noches de las que debería, las mismas que Carmen había pasado sola llorando y rompiendo las facturas que habían llegado del banco.

Nicolás se acercó a la cama, tomó la almohada que estaba del lado en el que Carmen solía dormir, se la acercó a su rostro y la olió para impregnarse del olor de Carmen. Ese olor tan de ella, pues llevaba usando el mismo perfume casi veinte años. Veinte años de matrimonio que él mismo había decidido cambiar por varios encuentros con Ana, aquella gestora de una de las aseguradoras con las que trabajaba.

Ana comenzó en la gestoría como becaria, pero con el tiempo, gracias a sus ganas de trabajar y eficacia, se hizo un hueco en la gestoría como una de las mejores, lo que le llevó a frecuentar el despacho de Nicolás más de lo esperado. Con Nicolás compartía su gran entrega y dedicación al trabajo, lo que les hacía pasar demasiado tiempo juntos, a veces, hasta altas horas de la madrugada, en las cuales acababan cayendo en el pecado carnal, compartiendo cama en uno de los mejores hoteles de la ciudad.

Nicolás continuaba en la habitación recogiendo su almohada, su pijama que Carmen le tenía todas las noches preparado sobre el edredón y un marco que albergaba una foto de los cuatro en una de las últimas vacaciones en Peñíscola. La última foto que tenían de los cuatro como familia unida. Mientras, en el comedor, Carmen permanecía en silencio bajo la atenta mirada de sus hijas.

—Mamá, ¿por qué no nos lo has dicho antes? ¿Cuánto tiempo llevan? —se atrevió Uxue a pronunciar.

—Ni lo sé ni me interesa. Él ha decidido cambiarme por una jovencita que debe ser encantadora, y si lo ha decidido, sus motivos tendrá, pero yo no estoy dispuesta a seguir penando por él.

—¿Quieres que pasemos la noche contigo? —preguntó tímidamente Candela.

—No, ya me he acostumbrado a dormir sola. No os preocupéis, yo ya estoy bien.

Entre las tres recogieron la mesa del comedor en un silencio poco común en las cenas de Nochebuena, que siempre las habían pasado hablando y cantando villancicos hasta altas horas.

Carmen acompañó a cada una de sus hijas a sus dormitorios, las arropó y les dio un beso en la frente como hacía cuando eran pequeñas. Luego se marchó a su dormitorio, cerrando la puerta suavemente. Al llegar a la cama, se dejó caer sobre su espalda, mirando al techo dijo:

—Ahora sí, Carmen, ahora es tu momento y tu vida.

—Y sonrió.

Al poco sonaron las bisagras de la puerta; era Nicolás entrando de forma sutil.

—Carmen, querría pedirte perdón, de verdad…

—No hay nada que hablar, tú has decidido y yo también.

—Déjame darte las buenas noches al menos.

—Buenas noches… las que habrás pasado ya con ella.

—Carmen, por favor… —suplicó Nicolás.

—Cierra al salir —contestó Carmen, a lo que Nicolás hizo caso.

A la mañana siguiente, Carmen hizo el desayuno para ella y sus hijas, Nicolás según se levantó salió a la terraza del salón a fumar.

—¿Qué tal estás, mamá? —preguntó Candela.

—Bien. Mirad a ver qué mermelada queréis, porque de la de arándanos no hay para las dos.

—Mamá, ¿no vais a hablarlo tú y papá? —le susurró Uxue.

—Hablar sobre qué. Él no ha dicho nada, creo que está todo hablado. Podemos seguir viviendo igual, lleva cerca de un año así y no ha pasado nada. A ver si ahora por contároslo va a pasar algo.

—También es verdad, esa es mi *amatxu* —dijo Uxue.

—Ya, pero, papá… —dijo Candela.

—Papá lo ha hecho mal, y punto, Candela. No quieras hacer santo al diablo.

—Bueno, hijas, vale ya. Estáis perdiendo el tiempo en algo que no lo merece. A desayunar.

Nicolás se sentó en el sillón que ocupaba el rincón de lectura, frente a un enorme ventanal y con una inmensa librería detrás llena de novelas negras, alguna juvenil y la mayoría de los clásicos de la literatura española encuadernados en piel. Allí esperó a que las tres mujeres de la casa acabasen de desayunar, para desayunar a solas. Una noche le había bastado a Nicolás para entender las consecuencias de sus hechos. Parecía mentira que un letrado como él no se hubiera percatado de la repercusión que tendría aquella relación paralela, extramatrimonial, en su familia si ésta se llegase a enterar. Siempre confió en sus excusas, pero el amor, el deseo y la pasión no le hicieron caer en los extractos bancarios, que fueron testigos mudos de aquello.

Mientras desayunaba un café solo acompañado de otro cigarrillo, Nicolás vio cómo Carmen, Uxue y Candela se iban de casa riendo y sin mediar palabra con él. Un portazo inauguró el silencio en casa, que solo fue interrumpido por la tos de Nicolás varias veces, mientras estuvo ojeando álbumes de fotos familiares que Carmen había ido creando todos aquellos años. Fotos que recogían los recuerdos de todos los momentos más felices de la infancia de sus hijas, a quienes daba por perdidas, eso le hizo derramar alguna que otra lágrima sobre el plástico que cubría las imágenes que no se repetirían.

De repente se escuchó una algarabía entrar por la puerta, Candela tocando una pandereta a la par que cantaba villancicos con Uxue. Carmen entró la última con el periódico de la mano.

—Vamos a ver, por favor, señoritas, que ya no son unas niñas —reprochó Carmen.

—Mamá, siempre hemos cantado villancicos y siempre lo vamos a hacer, somos unas niñas digas lo que digas —dijo Candela, mientras golpeaba cada vez más fuerte la pandereta.

Nicolás esbozó una sonrisa mientras se secaba las lágrimas. Carmen se acercó a él.

—Tenga usted, su prensa del día —dijo Carmen con tono sarcástico, dándole el periódico a la par que vio en sus manos el álbum—. ¿Qué haces con eso?

—Recordar lo que un día fuimos —dijo Nicolás con un hilo de voz.

—Lo que un día fuimos y tú has decidido dejar de serlo —dijo Carmen mirándole a los ojos.

—Carmen, de verdad que yo lo sien…

—No quiero ni una sola disculpa, si lo has hecho y ocultado todo este tiempo será por lo que sea —dijo Carmen elevando el tono.

—Son muchas horas trabajando, tú lo sabes, y hay veces que las cosas pasan y no se pueden evitar.

—Nicolás, no me intentes convencer, yo no te estoy juzgando; evitarlo lo podías haber evitado, simplemente, pensando en tus hijas, lo que pasa es que debes pensar más con otras cosas y en otras cosas.

—Carmen, por favor…

—Ni Carmen ni leches, Nicolás, he venido de buenas y quiero estar de buenas por las niñas, no hagas que me enfade y vuelva a tener ganas de matarte como tuve en su día cuando me enteré. No me he estado yendo a la terapeuta estos meses para que me jodas ahora.

—Vale. Pero que sepas que yo te quiero.

—¡Sí! ¡Como la trucha al mero! —rio Carmen—. Voy a hacer la comida, porque no creo que te haya enseñado a ello la de los seguros.

Carmen se fue al dormitorio a ponerse ropa cómoda, después fue al dormitorio de Uxue donde seguían canturreando villancicos.

—A ver, vuestro padre se ha puesto a ver las fotos de cuando erais pequeñas y está un poco triste. Os pido, por favor, que lo sigáis queriendo, él os quiere muchísimo, nunca vais a dejar de ser sus hijas.

—Pero, mamá, lo que te ha hecho… —musitó Candela.

—Hecho está. En lo que hago la comida, estad con él.

La cocina comunicaba mediante una puerta corredera con el comedor donde estaban Nicolás y sus hijas. Carmen solía cerrar la puerta para evitar que los olores de la comida impregnasen el comedor, pero aquel día Carmen decidió poder ver a sus hijas en compañía de su padre mientras cocinaba, pues tenía otras sospechas sobre Nicolás nada halagüeñas.

Carmen llevaba un par de meses observando que todos los pañuelos de Nicolás que metía en la lavadora tenían manchas rojas, unas de sangre, otras, de carmín. Al principio, no le dio mayor importancia, pues pensó que podía ser por el esfuerzo al sonarse la nariz, pero las manchas cada vez eran de mayor tamaño. Nicolás, como buen hombre, llevaba siempre consigo un pañuelo de tela para sonarse la nariz o colocárselo en la boca cuando tosía o estornudaba para evitar propagar sus fluidos. Carmen pensó que se podía tratar de algo grave, pero como Nicolás no había comentado nada, ni de la sangre ni del carmín, decidió no pensar más hasta que comenzó a ver que Nicolás cada vez tosía más a menudo. Se lo comentó a Nieves, una amiga suya cuyo marido era médico. Este le comentó que podía ser serio, que tendría que ver a Nicolás para valorarlo. Pero Carmen decidió no comentarle nada a Nicolás, pues creía innecesario preocuparse de tal manera de él después de lo que le estaba haciendo.

Aquel día de Navidad, Carmen aprovechó las sobras del día anterior para hacer unas croquetas que acompañó con una sopa de marisco. La comida transcurrió como si no hubiera pasado nada la noche anterior. Uxue y Candela hablaban de los planes que tenían para Nochevieja, comentaban qué planes tenían para esa misma tarde hasta que, de repente, Nicolás comenzó a toser sin pausa, cada vez más ahogado, tomó su pañuelo de tela del bolsillo del pantalón.

—Nicolás, tranquilo —gritó Carmen, levantándose de un salto de la silla y yendo hacia la de Nicolás.

—¡Papá, respira! —gritó Candela.

En ese mismo instante, Nicolás tomó una gran bocanada de aire y tosió, saliendo una gran cantidad de sangre hacia el pañuelo con el que se cubría la boca.

—Uxue, ven aquí, voy a traer el coche; en cuanto suene el timbre, bajáis los tres, sin correr pero ligeros.

Nicolás intentaba coger más aire, pero cada vez que lo intentaba sonaba un estridor que solo hacía que asustarle a él y a sus hijas. Sonó el timbre, que les asustó aún más.

—Vamos, papá, tranquilo. Uxue, coge los abrigos, voy bajando.

Candela y Nicolás comenzaron a bajar las escaleras despacio. Al momento, los alcanzó Uxue, que les adelantó.

—Voy abriendo la puerta del portal y del coche.

—Venga, papá, ahora ya respiras un poco mejor, muy bien.

Al abrir la puerta del portal, Uxue vio el Mercedes negro de sus padres aparcado, con su madre sentada en el asiento del conductor haciéndole señas con la mano para que se diese prisa.

—Ya bajan, mamá. ¿Me siento aquí contigo o atrás?

—Aquí delante, que vaya Candela con él atrás, no estamos para hacer mucho movimiento.

—¿Qué le está pasando a papá?

—No lo sé, pero creo que nada bueno, debe llevar echando sangre al toser meses, pero como siempre, nunca dice nada y ahora estamos así. Le pregunté al marido de Nieves, y dijo que podía ser cáncer de pulmón, que tenía que verle para valorarlo. Pero claro, dile a tu padre que vaya a ver a un médico, con la de trabajo que tiene y el que se busca.

—Mamá, por favor —replicó Uxue.

—No he dicho nada que sea mentira. Sigue siendo tu padre y mi marido, no lo podemos negar. A ver cuando lleguemos al hospital —dijo Carmen—. Sal que están ahí, abre la puerta de atrás del coche.

Uxue saltó como un resorte del asiento y salió del coche para abrir la puerta trasera del coche, acomodó a su padre y su hermana y volvió a montar en el coche. Nada más cerrar la puerta, su madre aceleró el coche dirección del hospital.

—Carmen, no corras… Est… —dijo Nicolás, mientras seguía tosiendo.

—Papá, no hables, estarás mejor —le dijo Candela, mientras seguía agarrada a su brazo.

—No sufras, que no nos vamos a matar. Solo te tiene que ver un médico y ya está. Por cierto, también sé que llevas meses echando sangre en los pañuelos y tampoco has dicho nada. Las cosas hay que decirlas, por muy malas que sean, Nico —dijo Carmen, mientras miraba por el retrovisor interior a Nicolás—. Uxue, saca un pañuelo blanco por la ventanilla y agítalo, no estamos para andar parando en los semáforos.

—Mamá, no tengo. Miro en tu bolso —dijo Uxue, mientras abrió y rebuscó dentro del bolso de su madre, en el que siempre solía haber de todo lo que se necesitaba en el momento exacto—. Ya está.

A la par que Uxue sacó el pañuelo por la ventanilla derecha del coche, Carmen comenzó a tocar el claxon del coche y a aumentar la velocidad, esquivando coches por las calles de la ciudad. No había mucho tráfico ya que la mayoría de la gente estaba en casa comiendo, pero aquellos coches con los que Carmen se cruzaba le pitaban y reprochaban su conducción.

—Qué delicada es la gente, como se nota que no tiene a nadie mur… —se autocensuró Carmen, pues no quería alarmar más a sus tres acompañantes.

Llegando al hospital, Carmen le dio instrucciones a cada uno de lo que tenía que hacer.

—Uxue, según lleguemos te bajas del coche y abres la puerta para que bajen, y luego te coges el coche y te vas a aparcar, yo mientras iré a dar los datos y a ver si está el marido de Nieves. Candela, tú no te separes de papá y Nicolás no quiero ni una queja.

—¿Quién es el marido de Nieves? —preguntó Candela.

—Un médico que debía haber visto a tu padre hace tiempo.

Llegaron al hospital. Carmen tiró del freno de mano con todas sus fuerzas, cogió el bolso de manos de Uxue, quien se bajó del coche e hizo como su madre le había indicado. Carmen entró corriendo por la puerta de urgencias, mientras Candela y Nicolás la seguían a paso tranquilo.

—Buenas tardes. Mire, traigo a mi marido, Nicolás González Álvarez. Tenga la tarjeta sanitaria. Estábamos comiendo, ha tosido varias veces y ha echado mucha sangre, le lleva pasando meses y fuma muchísimo. No sé si estará el doctor Cedeira para que le pueda ver.

—Señora, tranquila, le tomo los datos. Pueden ir pasando a la sala de espera, según gira a la derecha, esperen a que le llamen.

—Llamen pronto —recriminó Carmen con su particular carácter.

Candela y Nicolás entraban en ese instante por la puerta. Carmen se acercó a ellos y los tres fueron a la sala de espera. Allí había varias filas de asientos de plástico azules unidos entre sí por una barra metálica que chirriaba cada vez que alguien, paciente o familiar, se sentaba o levantaba. También había una fila de sillas de ruedas, en este caso vacías, pues en Navidad poca gente enferma. Todo ello alumbrado por varios fluorescentes que tintineaban. Los González-Gómez se sentaron en un rincón donde había asientos para los cuatro. Uxue apareció enseguida con los abrigos bajo el brazo.

—Ya estoy aquí —dijo acercándose a su familia, dejando los abrigos en uno de los asientos y sentándose al lado de su padre, dejando caer su cabeza hacia atrás, apoyándola en la pared cubierta de perfectas baldosas cuadradas blancas.

Carmen no dejaba de mirar el reloj, controlando el tiempo de espera con las piernas cruzadas y repiqueteando con los dedos el asiento vacío que tenía a su lado. Mientras, sus hijas tendían cada uno de sus brazos por la espalda de su padre, que estaba inclinado hacia delante sin retirar el pañuelo de su boca. La respiración había recuperado la normalidad, la tos se fue apaciguando a la par que su piel palidecía.

«Estarán comiendo y bebiendo como deberíamos de estar haciendo nosotros en casa, pero a ver, están trabajando, no pueden dejar a los enfermos aquí a la buena de Dios», pensaba Carmen para sí.

—Hijas, perdonadme por no haber sido un buen padre y no haber estado con vosotras —dijo Nicolás con un hilo de voz.

—Papá, tranquilo, que tendremos que hacerte abuelo y nos tendrás que acompañar al altar cuando nos casemos, no pienses que no vas a salir de aquí —dijo Uxue.

—Eso, papá, verás como fijo que es algo que te ha hecho una herida dentro y por eso has sangrado. Que te curen y para casa —dijo Candela.

Carmen se levantó y comenzó a caminar alrededor de la sala, no sabía si contar baldosas y calcular los metros cuadrados en los que llevaban ya media hora, cuando de repente sonó una campanilla. Los González-Gómez, y el resto de personas que estaban esperando en la sala, giraron la cabeza hacia la puerta de la sala. Allí apareció una enfermera con un moño, gafas en la parte baja de la nariz como seña de su presbicia y una bata que debió ser blanca hacía algún tiempo, pero aquel día tenía manchas de bolígrafo en los bolsillos y algún que otro lamparón de aceite en las solapas del cuello. En sus manos tenía una carpetilla blanca de la que leyó:

—Abelina Pérez, por favor.

Se levantó una señora de unos setenta años ayudándose de un bastón marrón, con ella también se levantó un hombre que debía ser su hijo, y caminaron hacia la enfermera con quien se marcharon.

Nicolás comenzó a toser de forma incesante, Carmen salió corriendo hacia el mostrador donde había dado los datos al llegar.

—¡Que lo vea alguien ya! Como siga tosiendo, se va a morir aquí —le dijo Carmen a la mujer del mostrador.

—Tranquilícese, enseguida lo verán.

—Está echando sangre otra vez. —Apareció Uxue en el mostrador.

—¡Se me cae al suelo! —se oyó la voz de Candela de fondo.

Uxue salió corriendo hacia el pasillo de urgencias abriendo las puertas y pidiendo ayuda a voces.

—¡¿Lo puede ver alguien ya o llamo a la funeraria?! —gritó Carmen.

La mujer del mostrador cogió el teléfono y marcó:

—Urgencia para *box* vital. Sangre al toser. —Y colgó—. Cojan una silla de ruedas de la sala y pasen a la tercera sala a la derecha. Le ven enseguida.

Carmen se dirigió a la sala de espera a la vez que Uxue llegaba con una silla de ruedas y un par de enfermeras.

Pasaron a Nicolás a la silla de ruedas y se dirigieron a la sala que les habían indicado. Allí las enfermeras le canalizaron un par de vías para pasarle suero y llegó el equipo médico de la UCI; le pidieron a Carmen y Uxue que esperasen en la sala de espera. Allí estaba Candela, inmóvil, junto al montón de abrigos mirándose las manos llenas de sangre. Carmen se acercó a ella corriendo y se la llevó al baño. Mientras Carmen le frotaba las manos, Candela comenzó a llorar.

—Mamá, ¿se va a poner bien?

—No te voy a mentir, porque estoy cansada de mentiras, espero que, al menos, podamos volver los cuatro a casa.

Volvieron a la sala de espera, donde estaba Uxue de pie junto a los abrigos que parecían estar reservándoles el sitio.

—Sentaos las dos, voy a acercarme a la cabina a llamar a Nieves —dijo Carmen, cogiendo unas monedas del bolso que había quedado debajo de los abrigos.

—Nieves, estoy con las niñas y Nicolás en urgencias. ¿Está Tomás en el hospital?

—¡Carmen! Estamos comiendo en casa, hoy no trabaja, pero ahora mismo le digo que vaya para allá. ¿Qué ha pasado?

—Estábamos comiendo, ha comenzado a toser y de repente ha echado sangre, respiraba mal y aquí esperando ha vuelto a toser y echar sangre. Candela estaba con él sentada y se le ha quedado inconsciente, le están viendo los de la UCI.

—Vale, tranquila, ahora mismo vamos para allá, le digo a mis suegros que se queden con los niños.

Carmen colgó el teléfono y volvió junto a sus hijas.

—Ahora viene Tomás a ver a papá.

A los diez minutos aparecieron Tomás y Nieves por la puerta de urgencias corriendo. Tomás entró hacia la sala en la que se encontraba Nicolás y Nieves se dirigió hacia la sala de espera donde estaba Carmen con sus hijas. Se saludaron con un par de besos y no hubo ningún comentario más. La sala de espera comenzó a llenarse de pacientes y sus acompañantes. La campanilla ponía en alerta a todos en aquella lúgubre sala, sonaba muy a menudo, bien para llamar a los pacientes o informar a familiares. A Carmen le daba un vuelco al corazón con cada tintineo, pensando que le iban a informar acerca del estado de Nicolás.

No fue hasta dos horas después que apareció Tomás en la sala, sin ser anunciado por la campanilla. Carmen se levantó corriendo hacia él.

—Carmen, Nicolás está en la UCI sedado. Le han tenido que hacer una traqueotomía para conectarle al respirador y le han pasado sangre, había perdido mucha. Le hemos hecho más pruebas y en las radiografías aparecen varias manchas en los pulmones. Creo que, como te comenté, Nicolás tiene cáncer de pulmón, muy desarrollado. Nos falta hacerle algunas pruebas más para confirmarlo.

—Gracias, Tomás. ¿Podemos pasar a verlo antes de irnos a casa? Supongo que tendrá que pasar varios días aquí.

—Sí, pueden, pero en horario de visitas, que es por las tardes a las seis; ahora, dentro de un ratito.

Carmen y Tomás se dirigieron a Nieves, Uxue y Candela. Nieves se levantó y se fue con Tomás hacia la calle, Carmen se puso de cuclillas delante de sus hijas, les agarró las manos y les dijo:

—Bueno, papá está en la UCI, estaba muy grave y le han tenido que sedar y hacer una traqueotomía. Creen que tiene cáncer, pero faltan pruebas por hacer para confirmarlo. Le vamos a ir a ver ahora a las seis.

Candela y Uxue rompieron a llorar desconsoladamente. Carmen cogió los abrigos, le puso a cada una el suyo por encima de la espalda y les hizo un gesto para que se levantasen y salieron a la calle junto con Tomás y Nieves.

Los cinco estuvieron caminando por la calle hasta que llegaron las seis menos diez, entonces entraron de nuevo al hospital. Tomás hizo de guía llevándolas a la UCI.

—Aquí es. Nosotros os dejamos, yo vendré mañana para ver el resultado de las pruebas que le harán a lo largo de la tarde —dijo Tomás, cogiendo a Nieves de la mano y despidiéndose de Carmen, Uxue y Candela.

—Gracias por todo —dijo Uxue.

Las tres entraron a la UCI. Allí les indicaron que para pasar al *box* tenían que ponerse un gorro, mascarilla, una bata y calzas en los zapatos. Pasaron al *box* siete, donde estaba Nicolás tapado con una manta y rodeado de cables y pantallas que sonaban al ritmo de su corazón. Carmen se quedó a los pies de la cama, mientras Uxue y Candela, cada una a un lado de la cama de su padre. Ninguna de las tres medió palabra.

—Niñas, que no es un velatorio.

—Joder, mamá, no seas tan vasca —replicó Uxue—. No sabemos qué decir, yo pensé que nos iríamos por la noche a casa y no tiene pinta.

—No, y nos esperan muchos días de venir a verlo. No va a ser fácil, pero lo importante es que está.

Candela comenzó a llorar desconsoladamente otra vez. Siempre había sido el ojito derecho de su padre, cuando preguntaba cómo estaban siempre era Candela a la primera que mencionaba. Al ser la pequeña de las dos su padre le tenía especial cariño, de hecho, Candela siempre dijo que quería acabar trabajando con su padre en el despacho. La admiración que tenía Candela por su padre era extremadamente grande, sobre todo, se enorgullecía cuando alguien le decía: «¡Ah! Eres la hija de Nicolás González, el abogado con mayúsculas».

Cuando acabó la hora de la visita, se despidieron de Nicolás dándole un beso en la frente, excepto Carmen, quien le agarró la mano izquierda con sus dos manos, se acercó al oído y le susurró: «Cuidaré de ellas y estaré aquí». Las tres abandonaron el hospital en medio de la oscuridad de la tarde y bajo una tormenta de las que encharcan las calles. Uxue fue la encargada de conducir de vuelta a casa.

—Bueno, he visto que por la mañana también hay horario de visita después del pase del médico, a las doce y media. Mañana vendremos —dijo Uxue.

—No pierdes una, hija, estás en todo. Vendremos todas las mañanas y todas las tardes, no os preocupéis.

Aquel día de Navidad de 1995 quedó para siempre en el recuerdo de aquellas tres mujeres que por la mañana habían entrado en casa cantando villancicos a golpe de pandereta y que acabaron volviendo a casa, tristes y en silencio.

A los dos días, se confirmó el diagnóstico de cáncer de pulmón de Nicolás, comenzando la quimioterapia aquel mismo día, después de retirarle la sedación. Pasó ingresado en el hospital un total de dos meses, en los que, no sabemos si por la pérdida de peso o el tiempo que pasó solo, hicieron que su carácter frío y distante con su familia se volviese cálido y cercano.

Al volver a casa, Carmen ya había adecuado el cuarto de juegos como un dormitorio completo con su ropa en los armarios y una cama más grande que la que había. Además, tiró el tabique que separaba la habitación de uno de los tres baños para que quedasen unidos.

Como siempre, Carmen contaba con más información que el resto. Al alta, el médico le comentó que aún tenía que continuar yendo a las sesiones de quimioterapia cada quince días hasta completar seis meses. Después, se le harían nuevas pruebas y se vería si había mejorado el estado del cáncer o no.

Para Carmen, aquellos seis meses se hicieron eternos. Ella, que pensaba en volver a ejercer pasada la Navidad y dedicarse tiempo para ella, tuvo que cambiar los planes para poder cuidar a su marido, quien le había estado siendo infiel durante al menos un año. Una vez más, iba a tener que dedicar más tiempo a su familia; pese a su carácter vasco, en el fondo tenía un corazón blando con mucho amor que dar a los suyos.

La víspera de los días de quimioterapia, le tenía el pastillero preparado a Nicolás en el desayuno con todas las pastillas que tenía que tomar y preparaba la habitación y el baño para todos aquellos efectos secundarios que le podía ocasionar el tratamiento: vómitos, diarrea, insomnio, fiebre… Siendo abogada, parecía más bien enfermera.

Por otro lado, Candela y Uxue estaban inmersas en sus estudios, pero todos los días sacaban dos horas para pasarlas con su padre, contándole sus aventuras en el instituto o en la facultad. Para ellas, los seis meses se pasaron volando.

El último día de quimioterapia fue el único día que Carmen estuvo con Nicolás durante toda la sesión; el resto de las veces lo había dejado a la puerta del hospital y recogido al cabo de cuatro horas, que era lo que duraba el tratamiento. A veces, le había acompañado Uxue o Candela; otras veces estuvo solo, leyendo algún libro que se llevaba para matar las horas que tenía que estar conectado a un gotero con la esperanza de aniquilar aquel cáncer que había llegado a su vida de forma sibilina y había decidido dar la cara el día de Navidad. Aquel día, Nicolás llegó con veinte kilos menos que cuando ingresó en la UCI, sin rastro del pelo que un día tupió su sesera y apoyado en un bastón en cuya empuñadura lucía un león rugiendo, como seña de lucha y no rendición. Las enfermeras le preguntaron quién tenía el gusto de acompañarle aquel día, a lo que él simplemente respondió: «Carmen». Después de todo, Nicolás no sabía cómo definir a Carmen: si como su mujer, su cuidadora, ambas o ninguna. Carmen remató con un: «La madre de sus hijas».

Al llegar a casa, Carmen, como cada quince días, acompañó a Nicolás a la habitación, abrió el grifo de la bañera y cerró la puerta del baño para que se fuese calentando. Luego ayudaba a Nicolás a desvestirse entre medio de varias náuseas y algún vómito recogido por las toallas del ajuar que Carmen tenía siempre preparadas.

—Carmen, ¿te importaría ayudarme hoy con el baño? No me encuentro con fuerzas. Tengo muchos calambres en los brazos y las piernas.

—Vale, vamos. Apóyate en mí.

Nicolás pasó un brazo por detrás del cuello de Carmen y comenzaron a caminar sincronizados hacia el baño.

—¿Te acuerdas, cuando caminábamos juntos, pero agarrados de la mano, al salir de las clases…?

—Me acuerdo, pero de eso fue hace mucho. Hace poco han pasado otras cosas, no intentes ablandarme, Nicolás

González. Yo te quiero y te voy a querer siempre; me has dado los dos mayores regalos del mundo, pero el dolor no se va a reparar nunca. Vamos para el baño, que no me fío de que tus hijas vayan a ser capaces de hacer una cena en condiciones.

—Déjalas, que nos sorprendan —dijo Nicolás mientras doblaba una de las piernas para entrar a la bañera llena de espuma.

—Espero que en las sorpresas no hayan salido al padre, porque… —respondió Carmen mientras sostenía a Nicolás sujetándolo por debajo de las axilas mientras acababa de entrar en la bañera.

Como si de un niño pequeño se tratase, Carmen enjabonó con sumo cuidado a Nicolás, procurando que no le entrase espuma en los ojos, preguntándole si la temperatura del agua estaba bien.

Nicolás, aquel afamado abogado cuya fama era conocida en gran parte de la provincia, al igual que su carácter serio y contundente, se había convertido en un hombre frágil cual copa de Murano. Las mismas que Uxue y Candela habían puesto en la mesa aquella noche para cenar. Tenían que celebrar que su padre ya había acabado la quimioterapia y tenían la enorme esperanza de que el tumor hubiese disminuido de tamaño.

—Menudo festín habéis preparado las dos, ¿no? —dijo Nicolás al llegar al comedor apoyado en el bastón, ataviado con el pijama de cuadros que Carmen le había ayudado a ponerse.

—No había otras copas para poner, ¿verdad? ¡Estáis chaladas! —dijo Carmen al ver la mesa del comedor decorada como si se tratase de una cena de gala: una silla en cada uno de los cuatro lados, el mantel de hilos de seda, la cubertería de plata que les habían regalado cuando se casaron, la vajilla de Portugal, las copas de Murano y, en el centro, el candelabro que estaba en el piso cuando lo compraron y decidieron quedarse a modo de recuerdo de los antiguos propietarios que nunca conocieron.

—¿Me puede acompañar, señora? —dijo Candela haciendo de metre, separando una de las sillas e invitando a Carmen a sentarse en ella.

Carmen caminó hacia la silla haciendo aspavientos con la cabeza, mordiéndose el labio.

—Pues sí que os lo habéis tomado en serio lo de hacer la cena… Os podíais acostumbrar.

Nicolás había sido acomodado de igual manera, pero por Uxue, en una silla frente a Carmen. No pudo contener la risa viendo cómo Carmen se quejaba de la escena que habían preparado sus hijas para cenar.

—Tú encima ríete. Sois los tres para echaros de comer aparte.

Candela se puso de pie por detrás de una de las sillas que estaban libres, tomó una de las copas y un cuchillo, golpeó con suavidad el cáliz de la copa «tin, tin, tin» y se hizo el silencio a la vez que Carmen se llevó las manos a la cabeza, temiendo que se rompiese la copa. Fue entonces cuando Uxue entró al comedor con una ensaladera.

—Señor, señora, de primero les presento un cóctel fresco de huerta.

—¡Qué bien suena! Mejor sabrá —dijo Nicolás, tosiendo y riéndose a la vez.

Uxue comenzó a servir la ensalada de lechuga, tomate, cebolla y patata a su madre, luego a su padre, como bien había aprendido en alguna que otra cena que habían tenido sus padres con otros abogados. Uxue siempre renegaba de ir a esas cenas, porque tenía que guardar la compostura y eso le suponía un gran esfuerzo. Además de resultarle incómodo tanta educación y cortesía, la misma que ahora estaba devolviéndole a sus padres.

—¡Quién te ha visto y quién te ve! —dijo Carmen mirando a Uxue, a la par que apareció Candela con un lito blanco sobre uno de los antebrazos envolviéndole la mano y con una botella de agua en la otra—. La otra, lo que faltaba.

—Me permitirán que no les sirva vino, ya que uno de los comensales no puede tomar alcohol.

Carmen comenzó a reír a carcajadas; al final, sus hijas habían conseguido que su madre se relajase y dejase su carácter a un lado y disfrutase de aquella cena. En una de esas carcajadas, cruzó una mirada con Nicolás.

—Me alegra saber que al menos hice algo bien: a tus hijas.

—A cualquier cosa llamas bien, están idas, no sirven vino porque se lo han bebido —siguió riéndose Carmen, a la par que por dentro el corazón se le resquebrajó por segunda vez en la vida. La primera fue cuando descubrió la infidelidad de Nicolás y esta vez era por la pena que sentía de pensar que sus hijas pudiesen quedarse sin su padre, quien tanto las quería y tan poco se lo decía.

El resto del menú consistió en lo que Uxue y Candela denominaron: consomé de ave con virutas de la dehesa y láminas de ave vuelta y vuelta con tubérculo; o lo que es lo mismo: sopa de fideos con jamón serrano y pechuga de pollo a la plancha con patatas fritas. En el postre no se complicaron, y pusieron yogures.

Después de muchas risas y recordar anécdotas de cuando eran pequeñas, Uxue y Candela, al estar una enfrente de la otra, se miraron y asintieron, se levantaron.

—Si nos permiten, recogeremos el servicio.

—Pueden proceder, ¡pero no frieguen! —les dijo Carmen, consciente del riesgo de fregar deprisa y corriendo todo aquello.

—Déjalas, no lo han hecho tan mal.

—La verdad que no, pero ahora veré cómo está la cocina, y no quiero que se rompan las copas ni que rayen la vajilla.

Carmen se levantó y fue a la cocina con sus hijas, mientras Nicolás quiso levantarse para ir al rincón de lectura y ver la vida pasar por la ventana como hacía cada noche antes de irse a dormir, pero esa noche no fue capaz de levantarse. Lo volvió a intentar, pero las piernas no eran capaces de sostener todo el peso de su cuerpo cayendo de nuevo en la silla. Allí solo, esperando a que Carmen, Uxue o Candela apareciesen para pedirles ayuda, miró las sillas vacías y una lágrima comenzó a descender por su nariz, seguida de otra y otra, hasta acabar rompiendo en un llanto desconsolado que alarmó a Candela en la cocina mientras Carmen y Uxue hablaban.

—¡Papá! Le pasa algo —gritó Candela saliendo hacia el comedor.

Detrás de ella salieron Carmen y Uxue con las manos mojadas. Al llegar a Nicolás, le vieron secándose las lágrimas con una servilleta.

—Tranquilas, estoy bien. Me he intentado levantar, pero no puedo, acabad tranquilas de fregar.

—¡Vaya susto!

El motivo real de aquellas lágrimas en realidad era otro. Nicolás se vio solo e incapaz de moverse, sentía que poco a poco su cuerpo se iba apagando y en parte por su culpa, pues pese a las indicaciones de los médicos de que dejase de fumar, Nicolás había aprovechado las veces que se quedaba solo en casa o cuando esperaba después de la quimioterapia a que Carmen le recogiese para fumar. Nunca se lo contó a nadie, pero las pruebas que le realizaron tras finalizar el tratamiento le delataron. El cáncer no había ido a mejor, sino a peor; se había extendido al 60 % de sus pulmones.

—No hay nada que hacer, solo aprovechar lo que le quede, Nicolás.

Al llegar a casa tras la fatídica noticia, Nicolás confesó lo que había estado haciendo a escondidas de su mujer e hijas, quienes no recibieron el secreto con gran alegría.

—¡Otra vez, Nicolás, otra vez engañándonos! —le reprochó Carmen, que lloraba a la vez que no dejaba de caminar por casa.

—Papá, ¿por qué? —le preguntó Candela.

—Hija, no es fácil, me ayuda a tranquilizarme, es una droga —le contestó Nicolás mirándola a los ojos llenos de lágrimas.

Después de aquel día, Carmen volvió a ejercer, en el despacho de Nicolás, así contaba con una amplia cartera de clientes y no tenía que comenzar de cero como se había prometido. Pese a su enfado y decepción, madre e hijas ayudaban a Nicolás en lo que necesitaba cuando estaban en casa, ya que, por el día, Nicolás se quedaba solo en casa y se entretenía paseando por casa empuñando su bastón. A veces se tenía que parar de vez en cuando para tomar aire, otras para fumar y leer en el sillón frente al ventanal.

Una de esas mañanas, al levantarse del sillón, una de las piernas le falló cayendo de lado sobre uno de los brazos del sillón. Notó un chasquido que supuso era de alguna costilla, pese al dolor volvió a intentar levantarse y continuó haciendo como si nada. Al poco rato llegó Uxue.

—¿Cuántos kilómetros has hecho hoy? —preguntó mientras colgaba el abrigo en el perchero del recibidor.

—Pocos, he estado entretenido leyendo —respondió Nicolás con dificultad llevándose la mano al costado y apoyándose en la pared del pasillo que conectaba el salón con el resto de la casa.

—Quién lo diría porque pareces muy cansado —dijo Uxue mientras se dirigía hacia el pasillo, donde vio a su padre con cara de dolor—. ¿Qué te pasa?

—Nada, un mal golpe… —Tomó aire—. Me fui a levantar del sillón y me he caído dándome en las costillas.

—No tienes buen color, voy a vestirte y nos vamos al hospital.

—Déjate de hospital y *hospitalo*. Dijo tu madre que había dejado las lentejas en el fuego, pero sin encender. Solo hay que calentarlas lento.

—¡Papá! Ya no mandas en esta casa, he dicho que vamos a ir y vamos a ir.

Uxue agarró a su padre por el brazo y le acompañó a la habitación donde le ayudó a vestirse. Luego salieron a la calle y Uxue entró al despacho donde estaba Carmen.

—Mamá, ¿puedes ir un momento a por el coche?

—Pues ahora no puedo, ¿qué pasa?

Uxue le explicó a su madre lo que había pasado y cómo se había encontrado a su padre, que estaba esperando fuera en la calle. Al oír la historia, Carmen cerró la carpeta que tenía encima de la mesa, cogió la chaqueta que tenía colgada en el respaldo de la silla y el bolso y salió corriendo.

—Coge las llaves del primer cajón y cierra el despacho, ahora mismo vengo —dijo Carmen.

En cuestión de segundos, mientras Uxue estaba cerrando el despacho, sonó un rugido al fondo de la calle; era Carmen a toda velocidad con el coche. Paró junto a Nicolás y Uxue, quienes subieron al coche. A diferencia de aquella noche de Navidad, este día Carmen condujo un poco más cautelosa y Uxue no sacó ningún pañuelo blanco.

Ya en el hospital, los médicos exploraron a Nicolás, le hicieron un par de pruebas.

—Nicolás, se ha dado usted un buen golpe. Se ha roto tres costillas, una de ellas se ha clavado en el pulmón, por eso respira con tanta dificultad. Debido a su patología, no podemos operarlo. No podemos hacerle nada, le vamos a ingresar para ponerle oxígeno y que pueda respirar un poco mejor y a ver cómo evoluciona. Esperen en la sala de ingresos en lo que le buscamos cama.

Al entrar en la sala de ingresos, Carmen le dijo a Uxue que fuese a casa a esperar a Candela y luego volviesen al hospital.

—Carmen, me voy a morir —dijo Nicolás agarrándole la mano a Carmen, quien se giró y le miró a los ojos.

—Estamos en el hospital, te vas a poner mejor —le respondió con los ojos a punto de llorar.

Los dos agarrados de la mano esperaron a que les llevasen a la habitación. Una vez en ella, Carmen ayudó a Nicolás a ponerse el camisón; esta vez le resultaba todo más difícil al tener que lidiar con las gafas de oxígeno que ya le habían puesto a Nicolás nada más entrar en la habitación.

Por la tarde, llegaron Uxue y Candela a la habitación. Allí encontraron a su padre sentado en un sillón, conectado al oxígeno en camisón, y a su madre sentada en la cama ojeando una revista en silencio.

—Pues qué conversación más interesante os traéis —dijo Candela nada más entrar, tirándose a los brazos de su padre.

—¡Hija! —dijo Nicolás, abrazándola.

Allí estuvieron conversando los cuatro qué tal había ido el día en la facultad a Uxue, Candela qué tal llevaba los últimos exámenes del trimestre, Carmen de todo el trabajo que tenía y Nicolás del libro que había estado leyendo por la mañana. Por un momento, dejaron atrás todos los enfados y disgustos; volvían a ser una familia en lo que fueron las últimas horas de Nicolás.

En torno a las siete de la tarde de aquel día, Nicolás comenzó a marearse; Uxue llamó a las enfermeras, que fueron enseguida, le tomaron las constantes y la saturación estaba por debajo del 70 % y la tensión por los suelos. Le subieron el oxígeno, le comenzaron a poner varios sueros en lo que una de ellas avisaba al médico de guardia, que tardó en llegar. Le auscultó y uno de los pulmones de Nicolás no funcionaba. Le pidió una radiografía en la que le detectaron un tromboembolismo pulmonar. Después de ponerle varios medicamentos, consiguieron estabilizar a Nicolás. El médico se dirigió a las tres mujeres que esperaban en el pasillo.

—Lamento comunicarles que tendremos que sedar a Nicolás. Un pulmón no le funciona y, además, tiene un tromboembolismo pulmonar. Para evitar que sufra, es lo mejor y lo que me ha pedido él.

Las tres, conteniendo las lágrimas, entraron a la habitación.

—Bueno, ya os ha dicho el doctor, supongo.

Candela y Uxue rompieron a llorar, Carmen las abrazaba besándoles en la cabeza, conteniendo las lágrimas.

—Estaré bien, no os preocupéis. Al menos, podremos despedirnos, voy a hacer algo bien por una vez. —Nicolás tomó todo el aire que pudo—. Quereos mucho y cuidaos, sois tres mujeres como la copa de un pino; solo puedo daros las gracias por haberme cuidado todo este tiempo. Siento todo el daño que os he causado. Seguid con vuestras vidas y sed felices.

Al discurso de Nicolás siguieron miles de lágrimas de los cuatro, que se abrazaron sobre la cama de Nicolás. Luego se despidió recibiendo con un beso y un te quiero de cada una de ellas. Uxue y Candela, una a cada lado, le agarraban las manos fuertemente, como si intentasen anclarlo a la vida, y Carmen a su derecha, recostada sobre el cabecero de la cama acariciándole la mejilla. Entonces Carmen, tras petición de Nicolás, presionó el timbre para que fuese la enfermera a ponerle la sedación por la vía, quien se la administró en silencio. Una vez salió la enfermera de la habitación, Nicolás cerró los ojos derramando una lágrima y susurró:

—Os quiero. Siempre. —Y se dejó llevar.

Pasaron varios meses de tristezas y sollozos hasta que Carmen y sus hijas retomaron sus vidas como les pidió Nicolás.

Uxue acabó la carrera de Administración de Empresas y se fue a vivir a Suiza; Candela se fue con ella cuando acabó sus estudios de Derecho. Carmen continuó con el despacho hasta que cumplió los sesenta, edad que consideró que era la suficiente para retirarse. Se apuntó a la asociación de mayores del barrio, aunque ella no se sentía mayor, hacía varias actividades, pero ninguna le gustaba, ya que le parecían aburridas y monótonas, hasta que un día Nieves le dijo de ir a aeróbic en un gimnasio que acababa de abrir.

Carmen estaba encantada con el aeróbic, pero tenía curiosidad por probar el resto de las máquinas que había en el gimnasio; siempre le había gustado estar activa y el aeróbic comenzó a quedársele pequeño. Allí, en la sala de máquinas, uno de los monitores del gimnasio le dijo que la veía en muy buena forma, que se apuntase a alguna carrera de las que componían el circuito provincial de atletismo en la categoría sénior. Ella no dudó y se apuntó.

Una vez comenzó a competir, dejó de ir al gimnasio hasta hace medio año que sintió la necesidad de volver a hacer ejercicios de fuerza y se apuntó al mismo gimnasio que yo me había apuntado para desestresarme. Dos mujeres, un gimnasio y dos objetivos diferentes.

3

Segundas oportunidades

Después de aquella noche llorando, recordando, me convencí de que, antes o después —mejor antes que después—, tenía que cambiar de actitud, tomarme el gimnasio como una actividad de ocio, no solo una forma de liberar estrés, sino de disfrutar de la vida. Tenía que darme la oportunidad de no machacarme, de ir a mi ritmo. Pero eso no era nada fácil teniendo un hemisferio izquierdo con tantísimo orgullo dentro y un hemisferio derecho tan desconfiado de mí misma.

Seguí yendo al gimnasio, principalmente a las clases de *boxing fit,* a veces por las mañanas, otras por las tardes. No iba más de dos días a la semana, ya que si un día trabajaba de día, salía demasiado tarde y los días que iba de noche al día siguiente consideraba que no iba a tener suficiente energía y ganas de ir al gimnasio; y si un día iba por la tarde, ya no quería madrugar al día siguiente. Siempre había excusa, pero los días que iba por las mañanas y veía de reojo, mientras golpeaba al saco, a Carmen y Miguel entrenar juntos me decía: «Venga, López, mañana volvemos». Pero el subidón duraba lo que tardaba en cansarme durante la clase.

«Bueno, venga, mañana más. A ver si estos dos (Carmen y Miguel) pueden madrugar y venir, no vamos a poder nosotros que somos más jóvenes».

«Más jóvenes y con más cosas que hacer, que hay que hacer la casa, la compra, la comida para varios días... Que eso lleva su tiempo y tenemos que dormir también lo suficiente».

Y al día siguiente... sonó el despertador hora y media antes de que empezase la clase, es decir, a las 07:30. «¿Qué hacía yo madrugando un día sin tener que ir a trabajar?».

«Zzzz... quince minutos más».

«Esto no es vida para nosotros».

Pospuse la alarma quince minutos, sonó y volví a posponerla. Volvió a sonar a las 08:15, me levanté y fui al baño, me miré al espejo y dije: «Venga, del tirón, sin desayunar, vístete y tira, ya has hecho lo más difícil, salir de la cama».

—Alexa, reproduce desde Spotify.

Alexa es lo más parecido a tener a un hijo adolescente, te cuenta lo que quiere, como quiere y cuando quiere; está en casa y te hace compañía, pero va por libre. Luego discutes con ella cuando le pides que baje el volumen y no te hace caso. Esta vez estaba de buenas.

—Buenos días, María. Aquí tienes Spotify.

—Gracias, maja.

Y comenzó a sonar *Sun is Shining,* de Axwell; mis vecinos no estarían encantados de despertarse con aquella música a esas horas, pero no lo creí injusto, ya que no soy yo la que decide cambiar la distribución de los muebles a las dos de la mañana, yo la inspiración la suelo tener por el día, y estoy segura de que tú también has tenido o tienes un vecino que se siente decorador de interiores por la noche. Canturreando sin escuchar ni al hemisferio izquierdo ni al derecho, abrí el cajón, cogí el primer *top* que había, unos pantalones cortos (ya empezaba la primavera) y una camiseta. Calcetines blancos tobilleros, deportivas, bolsa de deporte al hombro, cartera, llaves y el móvil.

—Alexa, para.

Se hizo el silencio y cerré la puerta de casa.

Una vez en el coche, conecté el *bluetooth* para continuar con la música y no perder la motivación que había emergido de algún rincón oculto de mí. Aparqué cerca de la puerta del gimnasio, bajé y, según entré al gimnasio…

«¡Mierda, la pulsera! Nos volvemos a casa», apareció el hemisferio derecho.

«Hombre, ya que estamos, que nos dejen pasar; hemos salido con la prisa y sin desayunar, un día es un día», animó el hemisferio izquierdo.

—Hola, perdona, me he salido corriendo de casa y me he dejado la pulsera, ¿me puedes abrir?

Y sin mediar palabra, una de las monitoras del gimnasio, que también hacía las veces de recepcionista, me abrió la puertecita que había al lado de los tornos, como la del supermercado cuando sales sin compra y que tiene la particularidad de atraer la mirada de la gente cuando alguien tiene la osadía de pasar por ella.

—Gracias —dije con una sonrisa a la vez que bajé corriendo las escaleras hacia el vestuario.

Eran las 08:55, la clase empezaba a las 09:00. Tenía que ponerme las vendas en las manos: tres metros de venda en unas manos diminutas, recordemos, lo cual llevaba al menos ocho minutos si lo hacía bien, dos si lo hacía mal. A lo cual decidí no ponérmelas. Si lo vas a hacer mal, no lo hagas, me había dicho muchas veces mi padre. Cogí la toalla, los guantes, la botella de agua y subí para la jaula donde estaban los sacos, cada uno acompañado de una persona, menos uno, que deduje que sería donde me tenía que colocar.

—Hombre, López, cómo tú madrugando después de venir ayer por la tarde… —dijo Elena, siempre tan irónica.

—Ya ves, y en ayunas, aquí a morir —respondí yo, siempre tan optimista.

«Bueno, no seas, que vamos a hacer lo mismo que ayer por la tarde y, si pudimos ayer, podemos hoy».

«Bueno, pero llevamos casi doce horas sin comer, no tenemos glucosa suficiente para mandar a los músculos, no va a ser fácil».

Tras el calentamiento, ya comencé a sudar. Me sequé el sudor con la toalla y bebí un poco de agua, supongo que para calmar el conflicto que tenía en mi cabeza.

«Venga, venga, que hoy vamos a quemar el doble».

«Madre mía, qué deshidratación, y no hemos ni empezado; nos vamos a caer al suelo y a hacer el ridículo. Teníamos que haber desayunado o no haber venido, más fácil».

Pasó la hora, y sudé mucho más, pero no paré ni una sola vez a beber agua o a tomar aire. Conseguí estar concentradísima en cada golpe que seguía al anterior. En mi mente hubo silencio que solo era interrumpido por un «tú puedes» cuando comenzaba a flaquear, que hacía que siguiese, no me detuviera.

—Muy bien hoy, López, muy concentrada te he visto ahí.

«Hombre, era concentrarse o morir…», respondió el hemisferio derecho.

«Bueno, estamos a tope, no ha estado nada mal, hay que repetir. Además, así ahora ya aprovechamos la mañana para hacer cosas», animó el hemisferio izquierdo.

Aquel día, efectivamente, el día me cundió muchísimo. Por la tarde, a las siete de la tarde, estaba sentada en el sofá mirando a la nada, con la tele de fondo, pero con todas las obligaciones hechas, y aún tenía tiempo para aquello, para no hacer nada. Cogí el móvil, entré a la aplicación del gimnasio y miré qué clases había al día siguiente por la mañana. Sorpresa: *Iron Session*.

—Pufff —resoplé en alto.

Y como si estuviese a punto de morir, volví a revivir aquella primera y última clase de *Iron Session,* cómo caía de culo, lentamente, como en las películas. Era una imagen que me venía en bucle junto con el recuerdo del dolor de culo que tuve.

«¿Probamos a ver, esta vez con más cuidado?», comentó para mi sorpresa el hemisferio izquierdo. Algo había cambiado, había mencionado la palabra «cuidado», esa que nunca había dicho. ¿Qué estaba pasando? Mi cabeza había comenzado a cambiar la forma de pensar y comportarse.

«Hoy no nos ha ido tan mal, lo único que habrá que irse a la cama antes», sugirió el hemisferio derecho.

Otro que me dio una sorpresa, pues aquel exceso de miedo y precaución que había tenido siempre había disminuido, y lo que más me extrañó: ¡ambos hemisferios estaban de acuerdo en algo! Será la serotonina de aquel día que había hecho de intermediaria para aquel acuerdo, o simplemente que el cambio de actitud que esperaba llegar a conseguir había llegado por sorpresa, al igual que la que me llevé yo al ver que había reservado la clase y la misma que se llevó Andrés.

> **Yo:** *No te lo vas a creer.*
> *Mañana vuelvo al Iron Session a pegar otra hostia.*

> **Andrés:** *Eso es bueno,*
> *TE*
> *LO*
> *DIJE.*
> *Que tenías que volver e ir poco a poco.*

> **Yo:** *Ti li diji.*

Por la noche, con la misma ilusión que un niño la noche de Reyes, me dejé preparada la ropa del gimnasio en el baño y ¡la pulsera! Así por la mañana no tendría que andar pensando nada, simplemente ir a tiro hecho. Y así fue. Sonó la alarma a las 07:30, me levanté.

—Alexa, reproduce *Cynical,* de Twocolors, en Spotify.

—Buenos días, María. No te he entendido bien.

—Alexa, reproduce *Cy-ni-cal,* de Two-co-lors, en Spotify —repetí a voces desde la cocina.

—Aquí tienes *Cynical,* de Twocolors, en Spotify.

Y comenzó a sonar a todo volumen, a la par que escuché al vecino subir las persianas como si estuviese sacando un cubo de un pozo: ra, ra, ra, ra. Como ya estaba despierto, no me preocupé de bajar el volumen. Desayuné, fui al baño, me vestí, me lavé la cara y los dientes, cogí todos los «trastos».

—Alexa, para —y salí de casa.

«Pi, pi, acceso permitido», el torno me abrió paso en el gimnasio aquella mañana cuando llegué con cierto miedo a las 08:45.

«Tranquila, hoy poco a poco», esta vez era una voz tranquila, calmada y con otro timbre. No era ni hemisferio izquierdo ni derecho, la fusión había ocurrido y ahora mi cabeza era una sola, decidida, llena de miedos, pero con decisión de darme una segunda oportunidad.

—Hombre, López, qué sorpresa, tres días seguidos, ¿estás mala?

—Calla, calla, que no sé ni cómo vengo.

—Haces muy bien, tienes que sacar tiempo como sea para venir al menos tres días a cosas diferentes.

—Ya bueno, me tendré que organizar un poco la vida.

—Bueno, mujer. Mira, ponte aquí detrás de Mar, no cojas mucho peso, tú poquito a poco y, ya sabes, si no puedes, solo con la barra.

«Lo sabemos, venga, un par de discos de 1,25 kg para los brazos, otros dos de 2 kg para pierna y uno de 5 kg como en *boxing* para los abdominales».

Mi cabeza tenía todo pensado y organizado sin yo saberlo. Preparé el *step* como si lo llevase preparando toda la vida, no me reconocía a mí misma. Mientras acababa de colocar la colchoneta en el suelo, apareció Miguel, se puso su material a un par de metros de mí a la derecha, pero entre medias preparó material también para otra persona.

«¿Qué hace este hombre? ¿Hay que ir preparando material para el resto de gente? Bueno, dejémoslo».

—Bueno, son las nueve, estamos todos, comenzamos —dijo Elena poniéndose delante de todos frente al espejo.

—Espera, que falta Carmen —dijo Miguel.

El material que había preparado Miguel era para Carmen. Entonces entendí que Miguel y Carmen tenían una relación especial. Miguel se sabía los pesos con los que Carmen hacía los ejercicios, simplemente aluciné. La de tiempo que habrían compartido juntos para llegar a ese nivel de compañerismo o amistad.

—¡Es verdad! ¿Dónde está?

—Ayer me dijo que venía, estará al llegar. Mira, ahí pasa.

Al poco, Carmen entró en la sala.

—Perdón por el retraso, es que me he entretenido, que vengo de hacer 20 kilómetros.

—¿20 kilómetros, Carmen? ¿Para qué tantos? —preguntó Elena.

—No ves que me estoy preparando la Maratón de Atenas.

—¡Ay, es verdad!, pero ya has corrido otra este año, ¿no?

—Sí, la de Boston. La de Atenas es para noviembre.

No podía dar crédito a lo que estaba escuchando, Carmen con sus 73 años corría maratones, y yo con mis

26 años me seguía cansando si tenía que subir a un cuarto piso sin ascensor.

—¡Hala! No se os ocurra quejaros de mis entrenamientos, que mirad a Carmen —dijo Elena justo antes de empezar el calentamiento.

Aquel día, mi cabeza solo pensaba en cómo Carmen tenía esa energía y ganas para correr maratones y cómo hacía para acabarlas. A la par, también me concentraba en coger aire por la nariz y echarlo por la boca, me ayudaba a hacer los ejercicios y, sobre todo, a mantener el equilibrio. No tuve ningún incidente, de hecho, hubo en algún ejercicio que subí un poco el peso, acabé la clase más contenta de lo que me había pensado. Después de estirar, recogimos el material.

—Muy bien, López, mejor que la otra vez, ya irás subiendo peso, pero muy bien. Vente la semana que viene —me dijo Elena mientras colocábamos las pesas en los soportes.

De reojo vi cómo Carmen y Miguel recogían juntos el material de ambos. Me costó creer que entre ellos solo hubiese amistad, pues se ayudaban mutuamente y se preocupaban el uno por el otro como poca gente hace. Al mirarse, tenían un brillo especial en los ojos. Pero entonces recordé que Andrés y yo teníamos esa misma relación, aun cada uno en una parte del país. Nos escribíamos a diario para saber cómo iba nuestro día, si nos habíamos enfadado en el trabajo y cómo sufríamos en el gimnasio. «Jodidos pero contentos», decíamos siempre y el brillo especial en mis ojos aparecía cada vez que recibía un mensaje suyo.

Después de aquel día, decidí reorganizarme un poco y hacer como Elena me había dicho: sacar tres días a la semana. Además, el verano estaba a la vuelta de la esquina, la «operación bikini» tenía que empezar lo antes posible. ¿Lo conseguí? Siéndote sincera: no. Llegando el buen tiempo, siempre surgen planes con los amigos que son muchísimo más atractivos que pasar una hora mirando el reloj, deseando que cada minuto dure la mitad. Una hora de sudor —lágrimas no, porque no queda agua suficiente en el cuerpo— sufriendo, pero al cabo de esa hora, satisfecha.

Ir al gimnasio se convertía en un momento de sentimientos encontrados:

- Luchar contra la pereza de ir hasta él.
- El sufrimiento en cada ejercicio.
- La satisfacción de ver cómo, poco a poco, vas pudiendo con más peso o haces más repeticiones.
- Lo bien que te sientes al salir, al llegar a casa, ducharte y decir: un día más.

Pero, pese a todo ello, no saqué los tres días a la semana de continuo. Alguna semana se «obró el milagro» yendo a *boxing fit,* pero no duraba más de una semana. Las semanas que fui a alguna de las otras clases consideraba que, al ser más exigentes, ya valían por dos; no hay nada mejor que engañarse a una misma.

Llegó el verano, la operación bikini *express* fue un auténtico fracaso, bueno, al menos no subí de peso. Y entonces, sin saber por qué, en pleno julio con un calor apocalíptico, lo conseguí. Conseguí ir tres días a la semana, variando las clases, incluso yendo por la mañana (madrugando) habiendo ido el día anterior por la tarde. Cada día me sentía mejor, dejé de compararme con el resto, yo iba a mi ritmo, lo importante era hacer cada ejercicio lo mejor posible sin lesionarme.

Cuando llegaron mis vacaciones, tuve la «suerte» de que mis días de vacaciones no coincidieron con nadie de mi familia ni amigos, por lo que me fui cuatro días sola a la playa, a no hacer nada, o eso pensé. Buscando en Booking, me sorprendí a mí misma poniendo en el filtro de búsqueda «piscina» y «gimnasio». Si iba a no hacer nada, ¿para qué quería que tuviera gimnasio? Acabé reservando un hotel en Málaga a pie de playa con su propia barca de espetos, piscina, *spa* y... GIMNASIO.

Hice la maleta la tarde antes de irme. Sí, soy de esas personas que creen que hacer la maleta no es tan complicado y lo deja para última hora y siempre se olvida algo; debería de aprender de los errores, pero no es el caso. Me acosté sobre la una de la mañana y al día siguiente, con siete horas de descanso, puse rumbo a Málaga. Otras siete horas de viaje, parada técnica para un pis y una ingesta rapidita. Me iba cuatro días y no quería desperdiciar ni un segundo de mi no hacer nada.

Al llegar al hotel, en la recepción me atendió una mujer alta, delgada, con gafas, rondaría los cuarenta y cinco años, que muy amablemente me explicó dónde estaba la habitación y los diferentes servicios del hotel.

—Bueno, veo que tiene reservado el *spa*; aquí le doy dos pases, para mañana a las doce...

«Dos pases, si solo eres una… Bueno, espera, que claro estas cosas se hacen en pareja, el amor, bla, bla, bla…»

—… abajo. El desayuno lo tienes incluido, es bajando una planta en el salón principal de siete de la mañana hasta las diez; le pedirán el número de habitación al entrar. ¿Tiene alguna duda?

—No —respondí mintiendo, porque no me había dicho dónde estaba el gimnasio, pero una vez más mi gran defecto de no preguntar apareció.

«Bueno, lo buscaremos, con lo grande que es, fijo que hay carteles que dicen dónde está. De todos modos, se supone que venimos a no hacer nada, ¿no? Si no aparece no pasa nada».

—Perfecto, disfrute de su estancia.

—Gracias.

«Bueno, venga, a perdernos ha dicho en el edificio tres, cuarta planta. A ver, por aquí por la derecha…».

Y así, yo conmigo misma fui a la habitación. Entré, dejé la maleta en el banquito que hay en todas las habitaciones para ello e hice mi típica inspección. Abrir todas las puertas y cajones para ver dónde está cada cosa. Los hoteles tienen esa costumbre de tener todo tan «de revista» que nada es lo que parece: a veces los armarios se mimetizan con la propia pared, hay un somier de 150 x 190 pero dos colchones, la lógica de las mesillas y los enchufes también da para estudio, porque hay muchos que en la mesilla no tienen enchufe y te toca cargar el móvil en la mesa de escritorio de la habitación. La nevera del minibar puede estar dentro de un armario, en el baño o escondida debajo de la mesa. Por no hablar de los interruptores de la luz, nunca podrás aprender dónde se apaga cada luz, salvo la de la entrada a la habitación.

Una vez localicé la nevera minibar —esta vez debajo del escritorio—, el secador en el baño, las mantas (por si acaso) en el altillo de un armario, tenía que localizar el gimnasio, mi cuerpo me lo pedía como si fuese una droga. Seguí las indicaciones que había en el ascensor: «-2 gimnasio, salón Emperatriz». Allí fui, y el salón Emperatriz sí estaba, lo que no estaba era el gimnasio, solo había un cartel que decía: «Fuera de servicio temporalmente. Trasladado a planta -1». Vuelta al ascensor, podía haber subido en escaleras, pero recuerda que fui a no hacer nada, aunque en ese momento parecía Dora la exploradora.

Llegué a la planta -1 y solo había las siguientes indicaciones:

Salón buffet
Restaurante La Morería
Spa: edificio 2

«¡¿Y el gimnasio?! Vamos a mirar por aquí, tiene que aparecer».

Miré a ambos lados, como si fuese a robar un banco para ver que no había nadie viéndome, comencé a caminar hacia la izquierda, de repente empecé a escuchar una especie de quejidos y bufidos.

—¡Aahh! Pufff. ¡Aaahhh!

Allí no había habitaciones, por lo tanto, esos quejidos solo podían proceder del gimnasio, y seguí el «rastro» y me topé con una pequeña sala rectangular, acristalada. Dentro había dos hombres, uno haciendo pesas y otro en la máquina de remo —el que se quejaba y bufaba—. Pasé al lado intentando disimular y, al llegar al final, me di media vuelta y volví a mi habitación.

«Al fin lo hemos encontrado, madre mía. Bueno, nos cambiamos y vamos un ratillo, tiene buena pinta para lo pequeño que es».

No me lo podía creer, me había enganchado al gimnasio, y mi cerebro no me iba a dejar descansar ni en vacaciones, así que, sin pensarlo dos veces, me cambié, cogí la comba de la maleta y me bajé al gimnasio.

Al entrar vi los mensajes que había en diferentes cuadros sobre una pared gris, dignos de Mr. Wonderful: «*Be your best version*», «*No pain, no gain*», «*Pain today, strength tomorrow*», «*No days off*»… Resoplé ante tal exceso de motivación, cogí un disco de 5 kg, una esterilla y en un rinconcito los dejé, y empecé a saltar a la comba al ritmo de la música. Esta vez fue una *playlist* variada, *workout gym,* muy acorde con el momento. Luego hice diferentes ejercicios de abdominales y fuerza, después me senté en la máquina de remo y le mandé una foto a Elena.

«Vacaciones a medias», le puse, y estuve haciendo un poco de remo, eso sí, sin quejidos ni bufidos, no siendo que los allí presentes (que fueron aumentando tras mi llegada) me fuesen a mirar y ¡qué vergüenza! Y qué difícil a la vez quejarse para dentro. Después de una hora me volví a la habitación.

En el ascensor, había una pantallita pequeña en la que te recomendaban el plato del día en el chiringuito Torería; era el restaurante que tenían al pie de la piscina con la cocina abierta todo el día, y vi unos calamares que se me antojaron.

Después de ducharme, me bajé a la piscina, tuve suerte de encontrar tumbona —es lo bueno de ir sola, que para uno es más fácil encontrar que para dos— y al sol. Me rocié con el *spray* de crema, muy útil para ser aplicado a uno mismo por todo el cuerpo, porque sí, no se necesita a otra persona para darte crema en la espalda. El *spray* era como una especie de aspersor. Y es que dos años de soltería me habían dado para descubrir y aprender a hacer cosas que suelen hacerse entre dos personas yo sola, como, por ejemplo: darme crema en la espalda, doblar las sábanas, montar muebles o calcular la cantidad de macarrones o sopa para una sola persona.

Tras la protección solar, comencé mi reto de bronceado en cuatro días para todo el verano. Fue un reto que se me ocurrió nada más ver cómo estaba el resto de gente de morena, allí estábamos todos, como lagartos al sol, vuelta y vuelta para tratar de evitar el melanoma.

Una vez se puso el sol, todos los lagartos comenzamos a desfilar como hormiguitas hacia nuestras habitaciones para cambiarnos e ir a cenar. Yo, como no tuve que esperar por nadie, tardé poco en volver a bajar e ir al restaurante.

—¡Hola! Buenas noches, ¿para cenar? —pregunté a uno de los camareros.

—Sí, por aquí, ¿para cuántos?

—Yo sola.

—¡Ah! De acuerdo —respondió el camarero con cierta cara de sorpresa.

A día de hoy sigue sorprendiendo que la gente vaya sola a los sitios o haga planes para sí mismos, pero es que la sociedad de hoy en día es a lo que da pie. Vivimos tan inmersos en nuestros trabajos que es muy difícil coincidir con alguien para hacer algo y mucho más coincidir con alguien que le guste lo mismo que a ti o que le apetezca hacer lo mismo.

Me acomodó en una mesa que estaba montada para dos personas y retiró uno de los servicios.

—Le dejo la carta. ¿Para beber?

—Agua, gracias.

Me hice la interesante leyendo la carta, en inglés —porque el turismo en España siempre está más enfocado al turista extranjero—. Sabía perfectamente que quería los calamares, por lo que solo eché un vistazo para pensar qué comer el resto de días.

—¿Lo tenemos ya?

—Sí, unos calamares rebozados.

—De acuerdo. Gracias.

A los pocos minutos apareció otro de los camareros con una ración de calamares, que adivina… Era para dos. Pero yo pensé «proteína» y los comí, la ración entera, allí, frente al mar, contemplando un par de familias francesas, una pareja joven con un bebé que no parecía estar de acuerdo en estar sentado viendo como sus padres cenaban y él no. Diré que los calamares, pese a ser «muchos», estaban deliciosos, un rebozado ligero, nada grasientos, con un cuarto de limón para aderezarlos al gusto y una mayonesa con toques de mostaza.

Tras pedir la cuenta, me fui a caminar por el paseo
marítimo. ¡Madre mía! No te puedes hacer la idea de la
de gente que había por allí. Yo que no soy de aglomeracio-
nes, cada vez estaba más dentro de una. Y es que el paseo
marítimo de Málaga por la noche parecía el paseo de la
fama de Hollywood, lleno de diferentes tipos de artistas
callejeros: el cantautor que busca recaudar fondos para que
su maqueta se convierta en su primer sencillo, los mimos
inertes ante tanto público expectante a su reacción tras
recibir algunos euros, la pareja de acróbatas dignos de ir a
Got Talent… había para todos los gustos, y yo que solo había
ido para caminar solo hacía que acelerar el ritmo para no
quedar presa en aquellos grupos numerosos de gente, de
tal forma que acabé llegando al puerto, que en este caso
estaba lleno de puro *glamour*.

Cuando quise mirar el reloj, llevaba caminando cuarenta
y cinco minutos y yo al día siguiente quería coger tumbona
con sol durante todo el día para continuar con el bronceado
y no hacer nada. Eso implicaba levantarme en torno a las
09:30, desayunar y estar en la tumbona a las 10:00 y luego al
spa a las 12:00. Así que de la misma, me di la vuelta y volví
al hotel por el mismo camino por el que había ido.

Esta vez, a la vuelta, ya había menos gente, empezaron
a salir «los espíritus de la noche».

Los espíritus de la noche son esas personas que salen
de casa a las 00:00 y vuelven a ella con el amanecer, son
el equivalente a las «mozas de ánimas», pero en lugar de
recorrer cada esquina de la ciudad, deambulan de forma
errante de bar en bar y de discoteca en discoteca.

Llegué al hotel a la 01:00 y me metí en la cama hasta las 08:00 que sonó el despertador. ¿Para qué tan pronto? Para ir al gimnasio, sí, ya, lo había asumido, mi cuerpo me lo pedía y por ir media hora, no perdía nada, al fin y al cabo, estaba allí para no hacer nada y, muchas veces, no hacer nada también es aburrido, por lo que encontré el equilibrio.

Bajé en ayunas al gimnasio y estuve cuarenta y cinco minutos, después me duché y bajé al buffet del desayuno. ¡SORPRESA! Parecía el paseo marítimo, familias enteras con cochecitos, otras con los abuelos en sillas de ruedas, allí estábamos todos buscando una mesa libre para desayunar de todo lo que nunca desayunamos. Sabes que la palabra buffet siempre lleva al ser humano a comer más de lo habitual y mezclas que nunca haría en su casa. En este caso, el ir sola, no fue para nada una ventaja, ya que tenía que coger mesa y luego coger el desayuno. ¿Qué podía dejar en la mesa con total tranquilidad de que no me lo quitasen y tampoco la mesa? ¿El móvil? ¿La tarjeta de la habitación? Nada. Por lo tanto, decidí coger un vaso de zumo de naranja y un yogur y dejarlos en la mesa para poder ir a por el Cola Cao con total tranquilidad y hacerme un par de tostadas —integrales, ya que me estaba convirtiendo en una chica *fitness,* tendría que cuidar un poco la alimentación—. Luego, volví a mi mesa.

Una vez empecé a desayunar, fui presa de la mirada de toda la gente que estaba sentada en las mesas de alrededor: grupos de cuatro, seis, hasta ocho personas, mirándome con cara de intriga de qué hacía una chica como yo en un lugar como ese, sola. ¡Pues desayunar! Como ellos. Además

más rápido ya que al no tener con quien hablar, no hay distracciones. A las 09:45, subí a la habitación, me puse el bikini, cogí la toalla, protector solar y gorra, y me fui a la piscina a por la tumbona.

Al llegar a la piscina, no podía creer que ya estuviesen casi todas las tumbonas ocupadas. Me armé de valor y me acerqué a una que estaba vacía entre dos grupos de extranjeros. Con mi perfecto inglés, fruto de años y años en la escuela de idiomas, pregunté si estaba libre, y lo estaba, a pleno sol. En ella alterné el decúbito supino y el prono con algún que otro baño para refrescarme.

Llegadas las 11:50, recogí los bártulos y me fui al *spa* que estaba a escasos metros de la piscina.

—Hola, buenos días, tenía reserva para el circuito *spa* a las 12.

—Hola… Hum… —dijo mirando el libro de reservas—. Sí, María López, ¿verdad?

—Sí.

—¿Vienes sola?

«Mucho habíamos tardado…».

—Sí —respondí, esbozando una sonrisa.

—Vale, pues pasa por aquí, ten el albornoz y te explico. ¿Has traído gorrito?

—Sí, claro —dije, enseñándole el bolso.

Me explicó cómo estaba distribuido el *spa* entre las dos plantas: la zona de baños en la baja y en la menos uno las saunas y duchas. Me recorrí todos los puestos con diferentes chorrillos. Cuando me puse bajo la cascada, me quedé mirando a través de la cristalera la zona de la piscina y comencé a pensar en lo afortunada que era de poder disfrutar de momentos como aquel, aunque me hubiera gustado poderlos compartir con alguien como Andrés. Luego me fui al *jacuzzi*, donde mirando al techo casi me quedo dormida, por lo que salí, me puse el albornoz y bajé a la zona de saunas.

Entré en una de las cuatro que había; al entrar, una bocanada de calor me cortó el aliento. Cerré la puerta, me tumbé y cerré los ojos. Aquello requirió de más poder mental que aguantar las sentadillas isométricas en el gimnasio. Para distraer la mente e intentar no pensar en el calor que estaba pasando, decidí pensar qué me iba a pedir para comer aquel día. Me reí por el mero hecho de estar allí eliminando toxinas y, mientras yo, pensando en comerme una hamburguesa en cuanto saliese de allí.

Pasada la hora de *spa*, salí relajadísima, ya que además tuve suerte de no coincidir con nadie en él. Subí a la habitación, me di otro baño en la bañera; no quería perder aquel estado de relajación que era lo más similar a cuando estuve bajo los efectos del propofol cuando me tuvieron que hacer una gastroscopia.

Miré el reloj lleno de espuma: 14:30.

«Dios mío, va a estar lleno ahora el chiringuito, ya puedes correr, encima para una no te van a andar haciendo sitio, vamos a volar».

Me enjaboné como si la espuma fuese fuego, tan rápido que el estado de relajación se esfumó en menos de un segundo. Me puse un vestido playero y bajé al chiringuito.

Esta vez solo tuve que preguntar si tenían hueco para comer, sabían que iba sola.

Una vez más fui acomodada en una mesa con vistas al mar.

—*Here you are* —me dijo uno de los camareros entregándome la carta.

—Gracias —respondí con mi tono castellano.

Ojeé nuevamente la carta disimuladamente para comprobar los ingredientes de la hamburguesa y volvió el camarero.

—*Do you know what do you want?*

—Sí, la hamburguesa de ternera en pan brioche.

—De acuerdo.

Al fin respondía en castellano. Luego entendí que era el único cliente hispanohablante aquel día en la comida, le salía por defecto. Al cabo de unos minutos apareció en mi mesa un plato de pizarra negro que sostenía una hamburguesa digna de fotografía: pan brioche brillante, hamburguesa de ternera al punto, con cebolla caramelizada, queso havarti fundido y beicon, todo ello unido por un palillo en cuya asta había una banderita de Estados Unidos. Al lado de semejante monumento de proteína y grasa había un cestillo de freidora mini con patatas fritas caseras dentro, sin palabras. Al plato de pizarra le acompañaba una bandejita marrón color roble en la que había tres tarritos pequeños con diferentes salsas: mayonesa, kétchup y mostaza, que tentaban a no abrirlos y guardarlos como los *amenities* del baño que tú, yo y el resto de mortales guardamos en casa para futuros viajes y nunca llevamos. Esta vez los utilicé para deleite de mis papilas gustativas, eso sí. Le hice una foto muy de *influencer* para el recuerdo.

Una vez acabé aquel manjar, la tarde la pasé al sol, pero esta vez en la playa. Me negaba a haber ido a una zona con costa y no pisar la arena, de hecho, debería considerarse delito. Aunque para delito los guijarros que había en aquella playa, junto con una múltiple variedad de algas marinas que hicieron que mi trayecto de la toalla al mar fuese un suplicio, por lo que no volví más. Tras aquel disgusto y antes de cenar pensé en ir otra vez al gimnasio, pero…

«Vale, ya, estamos de vacaciones, una tregua, que nos gusta, pero no nos encanta».

Así que subí a la habitación y saqué de la nevera una empanada que había llevado con el fin de comerla en algún momento y no llevarla de vuelta, todo ello desconociendo los manjares del chiringuito del hotel, que hicieron que pospusiera su ingesta. Luego estuve en la terraza de la habitación mirando el mar, cerrando los ojos y haciendo aquello a lo que había ido: nada. Me fui a la cama muy satisfecha de haber aprovechado el día tanto y haber conseguido no hacer nada, relajarme e ir al gimnasio.

Al día siguiente, con el fin de evitar la aglomeración del día anterior en el desayuno, bajé a las 08:30. Desayuné y me permití el lujo de volver a meterme en la cama hasta que el cuerpo pidiera, en concreto fue hasta las 12:30. No acudí a mi sesión de bronceado, pero había dormido todo lo que mi cuerpo necesitaba. Bajé a comer y aquel día, el último que comería allí, tenía que probar a comer algo hecho en la barca que tenía el chiringuito. Como las sardinas no han sido mi fuerte, me decanté por una lubina en espeto. Aquella lubina se cocinó lentamente al calor de las brasas de aquella barquita, Mare Nostrum se llamaba, durante casi una hora. Aquel día, para amenizar la comida, asistió un cantautor que hizo la espera muchísimo más amena, versionando varios temas de Ed Sheeran, con los que incluso sacó algún que otro coro de quienes allí estábamos para comer. Una vez lista la lubina, llegó a mi mesa sin el espeto en una bandeja redonda y blanca. Una vez me la presentaron, apoyaron la bandeja en un soporte y comenzó un espectáculo culinario digno de una o dos estrellas Michelin. Con el pulso y destreza de un cirujano, el camarero, tenedor y cuchara en mano, sacó cada uno de los lomos de la lubina, limpios, impolutos, sin una sola espina, todo ello en un abrir y cerrar de ojos, y los colocó en mi plato junto con una guarnición de patatas panaderas. Me sentí una vez más una afortunada de vivir aquello: buena música, buena comida y frente al mar. Quizás me faltaba una buena compañía, que estoy segura de que Andrés lo hubiera sido.

Quería quedarme allí a vivir, pero tras el postre, *carrot cake,* el remordimiento de estar comiendo sin preocupación de qué o cuánto, apareció.

«Bueno, a la vuelta nos espera bien de gimnasio, ahora que ya íbamos tres días, a ver si conseguimos cuatro o cinco».

Mi madre siempre me lo había dicho, que me iba mucho la marcha, pero nunca pensé que esa «marcha» pudiera ser ir al gimnasio, con ganas e ilusión. A fin de cuentas, cada vez que salía de allí, me sentía mejor, aunque cansada.

Las horas en aquel paraíso se iban acabando, por la tarde más piscina y bronceado, que corroboré una vez subí a la habitación mirándome al espejo, retirándome un poco la braga del bikini: nalga blanco nuclear, muslo tono azúcar moreno. Una decloración de mi cuerpo bitono con una ducha rápida, un picoteo rápido de las viandas que había llevado y bajé a la zona del chiringuito. Era mi última noche allí y aquel día, la pantallita del ascensor, de forma sutil, publicitaba el cóctel del día: mojito. Servido en un vaso que bien podría ser de la Riviera Maya y su rigurosa hoja de hierbabuena. ¿Quién era yo para no sucumbir ante semejante estrategia de *marketing*? Pues María López, por lo que tomé asiento en la zona *chill out* del chiringuito y me pedí el mojito.

Y allí llegó, de la mano del mismo camarero que me llevaba atendiendo toda la estancia, el vaso de la Riviera Maya lleno de hielo picado impregnado de ron, azúcar, lima y soda, coronado con la hoja de hierbabuena fresca y una pajita color bronce. Obviamente lo inmortalicé antes de probarlo; solo de verlo ya podía saborearlo, pero lamentablemente la pajita resultó ser de cartón…, por lo que le restó *glamour* al momento, pero el sabor era el mismo sabor dulce y fresco que me había imaginado. Me lo bebí con la tranquilidad de estar de vacaciones, sin prisa, sin hacer nada, pero de repente…

—Buenas noches a todos. *Good night to everybody.* En unos minutos comenzamos con el *quiz show. In a few minutes, the quiz show will start* —escuché a mi derecha, donde había una pequeña plazoleta con un escenario blanco y varias sillas y mesas de mimbre.

Aquel *quiz show* se convirtió en un auténtico *show.* Yo no participé, por aquello de que tenía que ser en equipo y un equipo de una persona… no creo que fuese a estar bien visto, pero sí me senté del lado de los «mirones» a contemplar cómo gente de diferentes nacionalidades trataba de adivinar películas mediante mímica y canciones escuchando solo 10 segundos. Disfruté tanto que me daba pena tener que irme al día siguiente.

Ese día siguiente llegó, bajé a las 08:30 a desayunar, hice la maleta y me despedí de aquel paraíso de relajación, comida y entretenimiento.

Al volver a casa, tras deshacer la maleta, entré en la aplicación del móvil y me apunté a la clase de *boxing fit* del día siguiente. Se había acabado lo maravilloso, pero volvía a lo bueno.

Allí, en pleno agosto, volví al gimnasio; me lo tomé como una «vuelta al cole» y ya pude establecer los cuatro días a la semana yendo al gimnasio. Al final lo hice. Cada semana me organizaba para ver a qué clases iba, ni una sola excusa: ni el cansancio, ni el tener que madrugar, hicieron que fallase al gimnasio. Si estaba cansada, iba cansada; si tenía que madrugar, madrugaba.

—López, sí que te has vuelto disciplinada después de las vacaciones —me dijo Elena con su ya clásica ironía—. Verás qué bien te va a venir variar de clases para coger técnica.

Cuando llegó septiembre, volví a coincidir en las clases de *Iron Session* con Carmen y Miguel, y con más o menos las mismas personas. El gimnasio se había convertido en una especie de «colegio para adultos», en las clases siempre había quienes desempeñaban los clásicos roles de una clase: el líder, el gracioso, el tímido, el conciliador… Al final acabábamos siendo una especie de familia. Si había quien faltaba más de un día a la semana, nos preguntábamos si alguien sabía o qué le había pasado; generalmente, eran catarros o aún vacaciones.

En noviembre, después del puente de los Santos, Carmen dejó de ir al gimnasio, ya que se fue a Atenas para aclimatarse al clima ateniense para la maratón, que era el veinticinco. Miguel estaba triste en las clases, nadie le preguntamos el porqué, lo sabíamos: echaba de menos a Carmen. Pero sabíamos que era algo momentáneo, que Carmen volvería y Miguel volvería a recuperar su sonrisa.

En diciembre, después del otro famoso puente prenavideño, Carmen volvió al gimnasio:

—¡Carmen! ¿Qué tal fue la maratón? —preguntó Elena.

—Bien, muy bien, lo único que nos llovió, y no conseguí hacer el tiempo que quise, pero conseguí estar entre las cinco mejores de mi categoría, así que muy contenta —contestó Carmen, que miró de reojo a Miguel que ya lucía su tradicional sonrisa.

4

Miguel

El 25 de abril de 1968, los jóvenes veinteañeros Miguel y Sonsoles contraían matrimonio en la catedral de Ávila. Miguel acababa de finalizar su paso por el servicio militar obligatorio, más conocido como la mili, y Sonsoles llevaba esperando aquel momento dos años. Miguel y Sonsoles habían crecido juntos en el barrio de San Roque. Como hijos de dos altos mandos del ejército, Miguel y Sonsoles habían sido educados bajo una gran disciplina y valores como la lealtad, la bondad, la humildad y sinceridad, lo que los había llevado a ser prácticamente iguales. Por ello, Sonsoles esperó pacientemente a que Miguel acabase la mili para que cumpliese la promesa que le hizo a través de una misiva que le mandó en su segundo mes de formación militar en las caballerizas de Bilbao.

No te puedes imaginar cómo echo de menos mirarte a los ojos y sentir esas mariposas en mi estómago, tomarte de la mano y que mi corazón se acelere. Sé que serás la madre de mis hijos, por eso, Sonsoles Oliva Sánchez, quiero contraer matrimonio contigo. A la finalización de mi formación, le pediré tu mano al teniente coronel Oliva.

*Prometo darte los mejores momentos de tu vida y hacerte
olvidar los peores.*

Espérame. Sonsoles.

Siempre tuyo,

Miguel.

Tras el permiso por matrimonio, Miguel continuó con
su formación militar alistándose en el ejército, pues quería
seguir los pasos de su padre y llegar a ser al menos capitán.
El joven matrimonio solo se veía los fines de semana que
Miguel no tenía imaginaria y en los permisos por vacaciones. Pese a ser poco tiempo, Miguel y Sonsoles disfrutaban
el uno del otro a cada momento, buscando formar la familia
con la que siempre habían soñado.

Pasaron cuatro años hasta que Miguel recibió la noticia que tanto tiempo llevaba esperando. Sonsoles estaba
en estado de buena esperanza. Miguel ya había ascendido
a sargento. Por intercesión de su suegro, consiguió lo que
otros muchos militares hubieran deseado tener, un permiso extraordinario, para pasar los dos últimos meses de
embarazo con Sonsoles.

—¡Miguel, creo que ya está aquí! —gritó Sonsoles
desde el baño, donde una balsa de agua le había mojado
los pies.

—Cojo la muda y traigo el coche, ¿te ayudo con algo
antes? —preguntó Miguel con cara de alegría pero de
preocupación a la vez; iba a ser padre y eso no se lo había
enseñado ningún militar.

—Tranquilo, creo que podré. Nos vemos en la puerta.

Miguel se apresuró a coger un pequeño bolso que tenían en el recibidor con una muda para Sonsoles y ropa de bebé. A la par, cogió las llaves de casa y fue a por el coche. Mientras, Sonsoles fue hacia la habitación para quitarse el camisón mojado y vestirse. Pese a su gran humildad, siempre le gustaba salir de casa arreglada, aunque en ese momento fuese para dar a luz. Se puso el vestido granate de algodón que tenía reservado para ese día, un poco de carmín en los labios y otro poco de colorete. Por último, se calzó unos zapatos de salón negros y bajó a la calle donde Miguel, tan servicial como siempre, le esperaba sujetando la puerta del copiloto abierta, para que Sonsoles subiese.

Los dos emprendieron camino al hospital con una calma nada frecuente en unos padres primerizos, pero si algo les habían enseñado sus padres era a mantener la calma ante cualquier situación por muy preocupante, o emocionante en este caso, que fuese. Tras aparcar, se dirigieron a la entrada del hospital donde, antes de tocar el timbre de urgencias, se agarraron de la mano y se miraron a los ojos.

—Todo va a salir bien —le dijo Miguel, apretándole la mano a Sonsoles.

—La próxima vez que crucemos esta puerta seremos tres —le dijo Sonsoles sonriendo y tocó el timbre.

—Buenas tardes, me llamo Sonsoles Oliva Sánchez y he roto aguas, estoy de parto. ¿Me pueden abrir?

La puerta se abrió. Miguel cogió una de las sillas de ruedas que había unos pasos más adelante y se acercó a Sonsoles con ella.

—¿Me ves enferma? Además, caminando será todo más rápido —dijo Sonsoles, riendo.

—Cómo te gusta mandar —dijo Miguel dejando la silla en su sitio.

Caminaron hasta el pasillo de urgencias donde le tomaron los datos y le pasaron a la zona de paritorio.

—Déjenos el bolso y espere en la sala de espera —le dijo una de las matronas a Miguel.

—El bebé es hijo de los dos, él tiene que estar conmigo en el parto —dijo Sonsoles alzando la voz.

—Sonso, si tiene que ser así… —dijo Miguel.

—No, no tiene que ser así —dijo Sonsoles enfadándose más—. Mire, señorita, soy la hija del teniente coronel Oliva, o deja pasar a mi marido al paritorio, o tendrán consecuencias graves.

Miguel le hacía gestos con las manos hacia abajo a Sonsoles para que se calmase. A Miguel nunca le gustaba tirar de galones para conseguir trato de favor, pese a haber recurrido a ello para el «permiso extraordinario».

—Está bien, pero tendrá que colocarse una bata y no podrá salir de la estancia, la zona del paritorio está restringida solo para las mujeres y los únicos hombres que pueden pasar son los ginecólogos.

—No se preocupe, mi marido no se separará de mí. Muchas gracias —dijo Sonsoles a la vez que giró la cara en dirección contraria a dónde se encontraba la matrona y agarró a Miguel fuerte de la mano acercándolo a su lado.

Una vez acomodados en una de las habitaciones del paritorio, Miguel se puso una bata verde de tela y se sentó en una silla al lado de la cama en la que Sonsoles, con las piernas en alto en las perneras, estaba siendo explorada.

—¡Uy, hija! Muy pronto habéis querido venir, te quedan seis centímetros por dilatar, siendo primeriza, lo mismo hasta mañana nada —dijo la matrona.

—No creo. Pero muchas gracias, señorita —dijo Sonsoles con ironía.

A los diez minutos, Sonsoles sintió un fuerte dolor en el abdomen que no era una contracción.

—¡Miguel! Algo va mal, me duele mucho la tripa, no son contracciones, por favor llama a alguien —gritó Sonsoles a la par que de su vagina brotaba un hilo de sangre roja brillante.

Miguel salió al pasillo a pedir ayuda, muchas de las matronas solo se preocuparon de entender por qué había un hombre en el paritorio, otras hicieron caso omiso a la llamada de auxilio. No fue hasta que escucharon el grito desgarrador de Sonsoles que acudieron en masa a la habitación.

—Me estoy desangrando, por favor, me muero —se escuchó en todo el pasillo.

Miguel, que no había salido de la habitación más de un paso, se giró hacia la habitación y vio el charco de sangre que había en el suelo y a Sonsoles llorando rota de dolor.

—Rápido, por favor —dijo Miguel según entraba el personal en la habitación.

Una de las matronas colocó el estetoscopio de Pinard en el abdomen de Sonsoles.

—Hay bradicardia fetal, tiene un desprendimiento prematuro de placenta, avisad al ginecólogo, tenemos que hacerle una cesárea —dijo una de las matronas.

Mientras, Miguel había recuperado su posición al lado de Sonsoles, agarrándole de la mano y mirándole; no podía más que decirle:

—Todo va a salir bien, estoy aquí.

—Si me pasa algo, cuida del bebé, por favor —dijo Sonsoles con un miedo atroz.

Mientras, la habitación se llenó con más gente, entre ellos varios ginecólogos que, tras explorar a Sonsoles, determinaron lo que la matrona había dicho, realizarle una cesárea a Sonsoles. Un camillero entró apresuradamente, bajó las piernas de Sonsoles de las perneras y, sin mediar palabra, empujó la cama hasta la puerta para llevarla al quirófano.

En un abrir y cerrar de ojos, Miguel se quedó solo en la habitación, en silencio; no se movió de la silla, solo entrelazó sus manos y se inclinó sobre sus piernas.

—Tranquila, Sonsoles —decía en voz baja, intentando conectar telepáticamente con Sonsoles.

Mientras, en el quirófano, pese a parecer un caos de gente yendo de un lugar para otro, todo estaba sincronizado: los anestesistas con una enfermera durmiendo rápidamente a Sonsoles, otra enfermera preparando el instrumental, los ginecólogos lavándose las manos rápidamente para comenzar la cirugía y las auxiliares ayudando a todos.

En un minuto comenzó la intervención. El ginecólogo realizó una perfecta incisión en el abdomen de Sonsoles, junto con su compañero traccionó los músculos del abdomen y llegaron al útero, donde uno realizó una incisión y el otro rápidamente metió la mano para coger al bebé que albergaba Sonsoles en su interior. Un corte rápido de cordón y una de las matronas comenzó a reanimar a aquella niña que acababa de «desconectarse» de su madre, a la que ahora no sabían si conocería. De forma paralela, los ginecólogos comenzaron a suturar el útero de Sonsoles, que no dejaba de sangrar.

Los anestesistas alertaron de la bajada de tensión de Sonsoles, la enfermera circulante también avisó de que Sonsoles había sangrado ya medio litro.

—¡Que traigan sangre! —gritó uno de los ginecólogos.

Y el camillero, tan veloz como la vez anterior, se fue a buscar sangre al banco de sangre. En su carrera, pasó por la puerta de la habitación en la que Miguel continuaba mandándole ánimos a Sonsoles, que ahora se debatía entre la vida y la muerte.

—La tensión sigue bajando, cargad noradrenalina y una atropina, ¡se nos para! —gritó el anestesista mientras los ginecólogos se apresuraban a cerrar el abdomen de Sonsoles.

Apareció el celador con dos bolsas de sangre que rápidamente una enfermera conectó a la vía de Sonsoles. La enfermera instrumentista comunicó que el sangrado aspirado había sido un total de un litro doscientos mililitros. Le dijo a su compañera circulante que masajease el útero, pues parecía que no se debía estar contrayendo correctamente.

La matrona, junto con los pediatras, continuaba reanimando a la pequeña, cuyo cuerpo lucía cianótico tras media hora de reanimación. El corazón de Sonsoles se paró y comenzaron a realizarle la reanimación cardiopulmonar, que no resultó eficaz.

Tras dos horas de incertidumbre, Miguel recibió la noticia de que tanto su mujer como su hija habían fallecido al haber tenido un desprendimiento prematuro de placenta y una atonía uterina de Sonsoles.

—¡No puede ser! —salió un grito desgarrador desde el alma de Miguel.

Acababa de perder al amor de su vida y a su hija que tanto habían deseado tener.

El camillero, que no había pronunciado una palabra durante toda aquella tragedia, se acercó a Miguel dándole el pésame e invitándole a acompañarle en el traslado de los cuerpos al mortuorio. Una vez allí, Miguel utilizó el teléfono que había para contactar con familiares y funerarias. Miguel no sabía cómo comunicarle a la familia de Sonsoles lo que había ocurrido. La impotencia de no haber podido hacer nada y el dolor de no haberse podido despedir de ella hacían que Miguel no quisiera otra cosa más que estar con Sonsoles allá donde fuera. No quería hablar con nadie, pero, por otro lado, sabía que debía hacerlo.

—Mi teniente coronel, soy Miguel. Llamo desde el hospital —hizo una pausa para coger aire.

—¡Dime, Miguelito! ¿Qué ha sido? ¿Un niño? —se escuchó al otro lado del teléfono.

—Mire, no sé cómo decirle esto. Yo…

—¿Qué ha pasado? Miguel, ¿qué?

—Sonsoles comenzó a sangrar y la llevaron al quirófano para hacerle una cesárea. Lo siguiente que me dijeron fue que tanto Sonsoles como la niña habían fallecido. —Hizo otra pausa para secarse las lágrimas que inundaban su rostro—. Estoy en el mortuorio con las dos.

—Miguel, no puede ser verdad. Estaba todo bien, me encargué de buscaros el mejor ginecólogo de la ciudad para que controlase que todo iba bien.

—No lo sé. Solo le pido que tanto usted como Rita vengan a acompañar a su hija y su nieta. Yo no puedo solo.

—Y colgó el teléfono dejándose caer al suelo, con las rodillas dobladas hacia su pecho, sobre las que se apoyó con sus brazos, y rompió a llorar desconsoladamente, preguntándose una y otra vez el porqué.

Al cabo de unos minutos, Miguel se incorporó secándose las lágrimas con la manga de la camisa y se acercó a la losa sobre la que reposaban los cuerpos inertes de Sonsoles y su hija, cubiertos por una sábana blanca que Miguel retiró. Habían colocado a la niña boca abajo sobre el pecho de la madre, tratando de crear aquel vínculo que nunca llegó. Miguel se recostó sobre ellas, tratando de darles calor, llenándolas de besos y sin dejar de repetir «lo siento». Después le retiró la alianza a Sonsoles para colocarle la suya; de esta forma, cada uno tendría un recuerdo del otro, pero en mundos separados.

El teniente coronel y su mujer llegaron minutos después de aquel intercambio.

—Miguel… —dijo Rita, la madre de Sonsoles, tendiéndole un abrazo que Miguel no rechazó.

—Sonsoles, hija mía… —dijo el teniente coronel nada más entrar al mortuorio, yendo a abrazar el cuerpo pálido de su hija.

—Hicieron todo lo que pudieron… Yo mismo vi al celador corriendo con la sangre hacia el quirófano.

—Pero ¿qué fue lo que pasó, Miguel? —preguntó Rita mientras se acercaba a agarrar la mano de su hija y a acariciar a su nieta.

Miguel le contó lo que vivió y lo que le contaron los ginecólogos, mientras el padre de Sonsoles se encargó de avisar a la funeraria y al sacerdote de la capilla del acuartelamiento militar para organizar el funeral de su hija, su única hija. Luego los tres se agarraron de la mano en silencio esperando a que la funeraria llegase para recoger los cuerpos y velarlos durante toda la noche en la casa de Miguel y Sonsoles, pues así lo decidió su padre.

—Miguel, el velatorio será en vuestra casa. Al fin y al cabo, es donde están todas las cosas de Sonsoles y la casa de tu hija. Creo que es lo mejor para ellas, volver a su hogar.

—Por supuesto —respondió Miguel.

Una vez llegaron a casa de los Velasco Oliva, Rita se encargó de preparar el cuerpo de Sonsoles para ser velado, mientras Miguel y su suegro tomaban vino en el salón en silencio, que solo interrumpía el sonido de los tacones de Rita caminando en el dormitorio.

Aquella noche, la casa de Miguel se llenó de gente que quería dar su último adiós a Sonsoles. Miguel permaneció en una silla sentado, apoyado sobre el féretro de Sonsoles en el que también estaba su hija; decidió que las dos estarían juntas para siempre. La única palabra que pronunciaba era «gracias» ante el pésame que le iban dando cada uno de los asistentes. Mientras, en su cabeza no dejaba de pensar qué haría con su vida.

Su vida, que había sido Sonsoles, la había perdido para siempre.

Al día siguiente, sin dormir, Miguel y sus suegros se dirigieron a la catedral donde se ofició la misa funeral de Sonsoles y su pequeña, donde estuvieron acompañados por familiares y amigos de ambas familias, enormemente conmocionados por la pérdida tan repentina de Sonsoles, ya que muchos estaban muy ilusionados con la llegada de su primer hijo y no esperaban que fuese a tener tal desenlace.

El entierro fue mucho más íntimo, pues solo acudieron los padres de Sonsoles y Miguel, a quien el nudo que tenía en el estómago se le hizo aún mayor al pasar por la sepultura donde se encontraban su padre y su madre, haciéndole más consciente aún de lo solo que se había quedado. Y solo permaneció hasta el atardecer a los pies de la tumba de sus dos mujeres. Allí conversó en voz alta con Sonsoles y con la niña; entre sollozos, les cantó varias canciones, una de ellas fue *A tu vera*, de Lola Flores, la canción que tantas veces le había cantado Miguel a Sonsoles y que en aquel momento tanto sentido tenía.

A tu vera, siempre a la verita tuya,
siempre a la verita tuya,
hasta que por ti me muera.

Al día siguiente, Miguel se acercó de nuevo al cementerio para decirles a los sepultureros qué tenían que poner en la sepultura. Además del nombre de Sonsoles y sus fechas, también la de la niña. La noche anterior, al volver a casa, Miguel abrió el cajón de la mesita de noche de Sonsoles, donde encontró un papel con un listado de nombres. En el listado de niñas, el primer nombre fue Carlota, por lo que decidió que su hija se llamase Carlota, Carlota Velasco Oliva. Y así les dijo a los sepultureros.

—Además, querría poner un epitafio: «A tu vera, siempre a vuestra verita vera. Miguel».

—De acuerdo, pero eso conlleva un coste adicional de veinticinco mil pesetas.

—Se lo puedo traer por la tarde.

—Solo estamos hasta las cuatro de la tarde. Hasta que no nos abone el importe, no realizaremos el trabajo.

—Está bien, gracias —dijo Miguel, yéndose del cementerio dolido por la poca empatía del sepulturero ante un momento tan duro como el que estaba pasando.

Miguel se fue al banco para retirar las veinticinco mil pesetas y las llevó al cementerio.

—Qué rápido, señor Velasco —le dijo el sepulturero mientras contaba el dinero.

—Ya ve, esperaré un par de días para ver el resultado; como ve, lo quiero pronto —dijo Miguel con ironía.

—Lo intentaremos, señor, pero tenemos más trabajos pendientes.

—Yo he cumplido con el pago, ahora cumplan ustedes. Buenos días. —Y Miguel se fue.

Durante aquellos dos días, Miguel recorrió cada uno de los sitios que habían sido importantes tanto para él como para Sonsoles, no sin antes salir a primera hora de la mañana a correr por las calles de Ávila junto a su tropa.

Miguel, pese a haber ido ascendiendo, nunca quiso hacer alarde de su autoridad y todas las mañanas entrenaba con sus súbditos para mostrarles que, pese a ser sargento, seguía siendo uno más. Eso fue algo que su padre le enseñó: «Aunque tengas poder y mando, nunca olvides que tú también fuiste uno de ellos y estuviste en el barro y puedes volver a él en cualquier momento».

Al segundo día, regresó al cementerio para ver si los sepultureros habían hecho su trabajo. Y efectivamente habían cumplido su tarea. Miguel depositó un gran ramo de rosas rojas y otro de margaritas pequeñas sobre la lápida.

—Os quiero.

Miguel se besó la mano y tocó la lápida. Después se fue llorando del cementerio.

Durante los siguientes tres años, la vida de Miguel se redujo a ir al cuartel por las mañanas, comer y pasar las tardes en el cementerio. Los fines de semana iba por la mañana y por la tarde se quedaba en casa, se abrazaba a un marco de fotos en el que tenía una foto de Sonsoles y él del día de su boda, lloraba y bebía vino. Por las noches, escribía cartas a Carlota que al día siguiente le leía en el cementerio.

Una de esas noches, tras quedarse sin papel, cogió un cuaderno que había en una de las estanterías del salón. Era un cuaderno que Sonsoles utilizaba de vez en cuando para apuntar recetas, o eso le decía ella. Pues cuál fue su sorpresa cuando al abrirlo por la última página escrita leyó:

—Espero que nunca llegues a abrir este cuaderno, Miguel; si llegas a él, será porque yo ya no esté. Anoche soñé que en el parto algo salía mal y os quedabais tú y la niña. Sí, tengo el presentimiento de que va a ser una niña y se llamará Carlota. Solo te pido que si ese sueño, esa pesadilla, se hace realidad, cuida de Carlota. —Miguel se sonrió—. Y hazla feliz, yo siempre voy a estar con vosotros. Por favor, tú también sé feliz, yo nunca te dejaré de querer y de cuidaros.

»No quiero que leas esto, de verdad, pero tengo la necesidad de dejarlo escrito, ha sido tan real… Gracias, Miguel, por cada una de las sonrisas que me diste, por las lágrimas que me secaste y por la vida que has compartido conmigo. Nunca olvidaré cómo de niños nos abrazábamos en la plazuela, tu primera carta de amor… Eres el hombre de mi vida, Miguel.

»Te quiero.

»A tu vera, siempre a la verita tuya.

Miguel tiró el cuaderno al suelo y una vez más rompió a llorar sobre el sofá, le dio puñetazos una y otra vez. No entendía por qué Sonsoles no se lo contó, si tanto le preocupaba. Ahora entendía por qué Sonsoles insistió tanto en que le dejasen pasar al paritorio y que estuviese con ella. Cogió el cuaderno de nuevo y lo guardó en una caja donde Miguel había ido guardando pequeños recuerdos de Sonsoles como su anillo de compromiso, la primera carta de amor, el diario de Sonsoles de cuando era una niña… Esa noche, la carta para Carlota la escribió en una servilleta, no quiso arrancar ni una sola hoja del cuaderno de Sonsoles.

Al día siguiente, en el cementerio, tras leerle la carta a Carlota, habló con Sonsoles del hallazgo en el cuaderno de «recetas».

—Sonsoles Oliva Sánchez… No sé por qué no me lo contaste. Si lo hubiera sabido, hubiera intentado hacer algo, aunque por más que lo pienso no sé qué podría haber hecho. Quizás deberíamos haber ido a Madrid a un hospital mejor, pero ahora ya es tarde. ¿Qué hago ahora? Me pides ser feliz. ¿Cómo? Si ni tú ni Carlota estáis. Allá por donde voy, solo pienso en los momentos que vivimos al pasar por allí; el encanto de Ávila de ser tan pequeño se está convirtiendo en un suplicio, no hay rincón por el que no hayamos pasado. Solo quiero estar con vosotras.

Aquella noche, Miguel no escribió ninguna carta, simplemente se metió en la cama y lloró pensando en qué hacer hasta que se quedó dormido. Esa noche, Miguel fue quien tuvo un sueño, en el que salía Sonsoles caminando por la calle empujando un carrito, proponiéndole irse a Segovia, así estaría cerca de ellas, pero podría rehacer su vida.

—Hazlo por mí, Miguel —le dijo Sonsoles.

En ese momento, Miguel se despertó sobresaltado, miró a su lado en la cama pensando que Sonsoles estaría allí, miró el reloj, eran las 04:30 de la mañana, fue al baño, se miró al espejo, se lavó la cara y buscó a Sonsoles por toda la casa. Por un momento, Miguel pensó que su vida había sido un sueño y que el sueño era la vida.

Al volver a la cruda realidad, Miguel se vistió y se fue al cuartel para salir a correr a las 06:00 con su tropa. Después se dirigió al despacho del teniente coronel Oliva, le contó lo que había soñado y firmó un escrito donde solicitaba el traslado a Segovia.

—Una vez me concedan el traslado, les dejaré las llaves de mi casa, ya que es también de su hija y, si lo desean, tomen cualquier enser de Sonsoles como recuerdo. Por mi parte, me he permitido en estos años tomar algunos de ellos que para mí son especiales y que querría llevarme conmigo a cualquier lugar donde vaya.

—Está bien, me sorprende que tome la decisión de una forma tan precipitada —le contestó el padre de Sonsoles.

—Me lo ha pedido ella, y yo siempre haré lo que ella me pida allá donde esté.

—Ha sido un mero sueño.

—Señor, usted no lo comprende. Buenos días.

Miguel abandonó el despacho y se fue a realizar las tareas que tenía encomendadas aquella mañana.

Dos meses después, Miguel recibió la notificación en la que le aceptaban el traslado a Segovia; disponía de un mes para incorporarse a su nueva unidad. En ese mes, Miguel realizó varios viajes a Segovia para llevar sus cosas allí. El día antes de incorporarse fue al cementerio una tarde más.

—Sonso, mañana empiezo ya en Segovia, prometo seguir viniendo a veros.

Allí, en Segovia, Miguel comenzó a salir con los compañeros del cuartel, unos días a echar la partida, otros días a tomar unos vinos, de vez en cuando Miguel se acariciaba la alianza que llevaba de Sonsoles, como muestra de que se acordaba de ella. Con el tiempo volvió a seguir los pasos de su padre y logró ascender a capitán. Miguel había vuelto a ser feliz, los fines de semana se iba a Ávila al cementerio a visitar a su familia, allí les contaba cómo estaba siendo su vida en Segovia. Durante sus viajes por la N-110, Miguel siempre ponía en el casete la cinta de Lola Flores, para cantar a pleno pulmón *A tu vera* y permitirse llorar, pues en su nuevo destino nunca contó su historia; no querían que lo viesen como un triste viudo, Miguel era muy celoso de su intimidad.

Pasaron los años y Miguel pasó a la reserva tras un gran homenaje en la Academia de Artillería, pese a ello Miguel nunca dejó de hacer deporte para estar en forma, pues su vida, además de Sonsoles, también era estar siempre disponible para prestar servicio si fuese necesario. Y con esa filosofía de vida, Miguel llegó a mi gimnasio, para dejar de entrenar temprano a la intemperie.

5

Adioses

Tras el regreso de Carmen, la familia del gimnasio volvió a estar en equilibrio, cada uno con nuestro papel. De hecho, Inma el día de su santo encargó churros con chocolate para todos aquellos que, sin conocernos de nada, parecía que nos conocíamos de toda la vida. Al salir de clase nos pidió que le esperásemos en la zona de las máquinas de *vending* porque tenía que comunicar algo, eso nos preocupó a todos. Fue una inocentada por adelantado, simplemente no quería que nadie se fuese sin comer al menos un churro a su salud.

—Inma, estos sustos no nos los puedes dar que algunos tenemos una edad —dijo Carmen riendo, mirando de reojo a Miguel, quien también se rio.

—Lo dirás por ti, Carmen, yo estoy hecho un mozo —dijo Miguel.

—Bueno, hay quienes siendo más jóvenes estamos peor —añadí yo, dándole un mordisco a un churro mojado en chocolate con el que me manché la camiseta.

Uno de los dones con los que he sido bendecida fue siempre hacer el ridículo —recordemos mi caída en la primera clase de *Iron Session*—, pero esta vez fue diferente, al sentirme en familia, simplemente Elena se acercó a mí y me limpió.

—A ver, hija… —dijo Elena, riéndose.

—Bueno, y estando aquí comiendo, podríamos hacer una cena por Navidad que está a la vuelta de la esquina.

—Claro, para eso venimos, para poder comer —dije riéndome a la par que me acordé de Andrés, pues era una de sus frases de consolación los días que salíamos deshechos del gimnasio. Desafortunadamente, por entonces Andrés y yo nos habíamos comenzado a distanciar sin habernos dado cuenta; la distancia y nuestras vidas ajetreadas nos quitaban el tiempo que nos habíamos estado dedicando el uno al otro.

—Bueno, yo vengo por la espalda, que me viene bien —dijo Mar, riéndose, mojando un churro en chocolate.

—Si queréis puedo hablar con Juan Carlos, es el dueño del restaurante que está aquí al lado y es mi vecino. ¿Quiénes vamos a ir?

Todos levantamos la mano, ya que la boca la teníamos ocupada masticando churros.

—Ocho, diez, once y doce. Vale, ¿qué día le digo? —preguntó Miguel.

—Uno que yo no trabaje por la noche —dije humildemente—. O, bueno, uno que os vaya bien.

—El viernes que viene, ¿qué tal? Porque luego están todas las cenas de trabajo y al día siguiente no tenemos que venir a clase —dijo Inma, mirando a Elena.

—Por mí, bien.

—Por mí, también.

—Venga, Miguel, pues te encargas tú de reservar y nos dices con lo que sea —dijo Elena.

Aquel día salí del gimnasio con una sensación de felicidad diferente a los demás días, y no era por el empacho a churros que cogí, sino por el sentimiento de familia tan profundo que había sentido. Al ser la más pequeña, Miguel y Carmen eran como si fuesen mis abuelos; Inma y Mar, mis tías; Elena, mi madre —por aquello de ser la autoridad—, y el resto, tíos y primos. No nos juzgábamos nunca y siempre nos apoyábamos los unos a los otros. Pese a estar lejos de mi familia, encontré a mi otra familia.

Al día siguiente, en la clase de *Skill,* Miguel nos llevó un papel con el menú de la cena, y sin ningún debate ni desacuerdo, al contrario que en el resto de cenas navideñas, aceptamos aquel menú.

—Vale, pues luego le confirmo, así da gusto, ni una discusión con tanta mujer —dijo Miguel, riendo.

—No estás tú contento ni nada con tanta mujer —le dijo Elena.

El día antes de la cena, empecé a buscar qué ropa ponerme. Quería ir medianamente arreglada, cosa que no era habitual en mí, por lo que tenía que emplear bastante tiempo. Me probé un par de camisas, que por «desgracia» me apretaban el brazo. Ahí empecé a ser consciente de cómo el gimnasio y las ganas de llegar a la edad de Carmen y Miguel tan bien físicamente habían empezado a dar resultados. No es que tuviera unos brazos musculados, pero sí unos músculos más tensos por lo que no cedían tan fácilmente a las mangas de las camisas. Descarté ir con camisa y pantalón, abrí el armario de los vestidos, muchos de ellos con etiquetas ya que me gustaban mucho, pero nunca me veía bien con ellos.

Me probé el primero, un vestido negro largo con un escote palabra de honor, interrumpido por un fino tirante en el hombro derecho. Del mismo lado lucía una abertura en las piernas. Me veía estupenda, pero demasiado arriesgado para las temperaturas que hacía aquellos días.

El segundo vestido resultó no ser un vestido, sino un mono; era de las prendas que aún tenían la etiqueta con el precio. Era también negro, esta vez de mangas largas, un escote a pico rematado por unas lentejuelas doradas, al igual que en la espalda, el escote llegaba a la mitad. Le añadí un cinturón dorado a la altura de la cintura. Me miré al espejo.

—Bueno, López, quién te ha visto y quién te ve, no se te ve ninguna «morcilla» —me dije mientras daba una vuelta sobre mí misma.

No tuve más miramientos, decidí que aquel sería el modelo elegido, junto con un abrigo de paño beige que por fin me había vuelto a abrochar. En aquellos momentos, fue cuando me sentí orgullosa de no haberme rendido nunca, de haber seguido yendo al gimnasio, de haber conocido a Carmen y Miguel, mis ejemplos a seguir, al igual que el de mi abuela Chon. De hecho, el día de la cena me puse el colgante con forma de corazón dorado que albergaba cenizas de mi abuela.

—López, ¿eres tú? —me preguntó Elena según entré al restaurante.

—¿Quién si no? —respondí, dándole dos besos—. ¡Qué guapas estáis todas! Bueno, y todos, que también estáis Miguel y Juan.

Acostumbrados a vernos en pantalón corto o mallas y camisetas deportivas, sudorosos, despeinados con el pelo recogido en moños, no nos reconocíamos allí cada uno con nuestras mejores galas.

En lo que nos traían los cafés y postres, llegó el momento de guardar en el recuerdo aquella reunión sacándonos miles de fotos. Sí, miles, porque siempre había alguien que salía con los ojos cerrados o mirando al de al lado o con la boca abierta por estar hablando. Pero conseguimos una foto en la que salíamos bien.

—Inma, ¿te importa sacarme una foto con Carmen y Miguel? —dije, dándole mi móvil a Inma.

—Carmen, Miguel, ¿una foto con la *viejoven?* —les pregunté.

—¡Qué tonta estás! Claro que sí —dijo Carmen, tocándole el hombro a Miguel, que hablaba con Mar.

—Venga, decid *Iron Session* —dijo Elena asomándose por detrás de Inma.

—Muchas gracias, no sabéis lo que os admiro a los dos —les dije dándoles un abrazo.

Aquella noche, pese a ser un día de celebración, no alternamos mucho después de la cena. Bastantes excesos hicimos cenando tabla de ibéricos, croquetas de boletus, de chipirón, de jamón, crema de bogavante, sorbete de mandarina y ragú de ternera con *parmentier* trufado, para quienes eligieron carne; y salmón almendrado con miel y mostaza, los que eligieron pescado. De postre, *brownie* de chocolate con helado de vainilla.

—Voy a volver a casa rodando —dijo Miguel.

—Yo todavía podría comer un poco más, pero como somos tan sanos... —dijo Juan, riéndose.

—Déjate que luego el lunes dices que no puedes —dijo Elena.

—¿Alguien necesita que le acerque a casa? —pregunté.

—María, si no te importa... No vivo muy lejos, pero con este sobrepeso que llevo encima... —contestó Miguel.

—López, yo vine en autobús y ya no hay; si no te es mucha molestia... —dijo Elena.

—Sin problema, ¿Carmen? —pregunté.

—No, yo no, gracias, María —respondió Carmen.

Mis acompañantes y yo nos despedimos y fuimos a mi coche. Miguel se sentó en el asiento de copiloto y Elena detrás de mi asiento.

—Mira, María, tienes que hacer las dos rotondas rectas y luego la segunda calle que sale a la derecha, el tercer chalé —me indicó Miguel.

—Perfecto.

En el coche, esta vez no conecté el *bluetooth*. Se sintonizó la emisora 70 Clásicos y comenzó a sonar *Pena, penita, pena,* de Lola Flores.

—¡Ay, madre! Que se ha puesto, ahora lo cambio —dije.

—No, déjala, que es de mi época, mejor que el *ragatón* ese de ahora —dijo Miguel.

Luego sonó *A tu vera*, de Lola Flores. En ese momento, Miguel suspiró y comenzó a canturrearla en voz baja. Por alguna extraña razón, se me encogió el corazón; Miguel la estaba cantando de una forma especial, dándose golpecitos en la parte izquierda del pecho, como si aquella canción fuese especial para él. Reduje la velocidad para que Miguel pudiese escuchar la canción entera.

—¡Oye! Que mañana tengo que salir a correr —dijo Elena.

—¡Anda! Déjate que vamos a llegar igual —dije haciendo un gesto con la mano, señalando a Miguel.

Elena se inclinó hacia delante y se asomó entre el espacio de mi asiento y el de Miguel, escuchó cómo Miguel cantaba. Se acercó a mi reposacabezas y me dijo:

—Vale, ahora entiendo.

Se acabó la canción y le siguió *Dos gardenias*, de Antonio Machín; con ella llegamos a casa de Miguel.

—Aquí, ¿verdad?

—Sí, hija, muchas gracias. Buenas noches —dijo Miguel bajándose del coche y caminando hacia la puerta de su chalé con cierta dificultad, inclinado hacia delante.

Se me hizo raro ver a Miguel así, pero supuse que sería por todo lo que habíamos cenado y no le di mayor importancia.

—A ver, doña, ¿hacia dónde tiro ahora? —le pregunté a Elena.

—Vas hasta el Lupa, que está al lado del polideportivo, y me dejas ahí.

En ese momento cambié la emisora a Los 40 Principales para hacer el camino más ameno canturreando canciones más actuales.

—Aquí, ¿te va bien? —le pregunté a Elena parando el coche y girándome hacia ella.

—Sí, perfecto, López. ¡Qué maja eres!

—Tenlo en cuenta para clase —le dije riendo.

—¡Cuídate! —dijo, bajándose del coche y cerrando la puerta.

Pum, sonó la puerta. En ese momento suspiré. Aquella noche había sentido muchas emociones juntas: alegría estando todos juntos, tristeza a la hora de despedirnos y preocupación al haber visto a Miguel así, aunque fue momentáneo. En aquel momento que ya estaba sola, sentí eso, soledad, y comencé a pensar en cómo es la vida, que, pese a que pudiera haber estado rodeada de mucha gente, tener algunas amistades, al final del día siempre acababa sola. Apagué la radio, cogí el móvil y le mandé un wasap a Andrés: «Te echo de menos». Hacía quince días que no hablábamos. Yo estuve tentada a preguntarle qué tal algún que otro día, pero pensé que quizás no le parecería bien. Pero aquella noche me armé de valor y le escribí.

Conecté el *bluetooth* al coche y puse *Helium*, de Sia, en Spotify. Fui a casa cantándola a pleno pulmón y llorando.

Yeah, I wanted to play tough.
Thought I could do all just on my own.
But even Superwoman.
Sometimes needed Superman's soul.

Yo no me consideraba una *superwoman*, pero sí consideraba a Andrés un *superman,* y en aquel momento necesitaba hablar con él para desahogarme, como otras tantas veces. Además, necesitaba saber que él estaba bien.

Al llegar a casa, antes de abrir la puerta del garaje, cogí el móvil y abrí la conversación con Andrés: ya no me aparecía su fotografía ni su estado, me había bloqueado. Rompí a llorar, bajé del coche y abrí la puerta del garaje.

—¡A la puta mierda! —grité.

Después de aparcar el coche, subí a casa y seguí llorando. En silencio me duché; necesitaba camuflar mis lágrimas con el agua de la ducha, me sentía sola, pero más sola que nunca. Esa persona en la que siempre me había apoyado, quien siempre me había escuchado, quien siempre me animaba, me había dado de lado. Me agarré al corazón dorado del colgante, lo besé y entonces me tranquilicé. Cerré el grifo de la ducha, cogí la toalla y salí de la ducha.

—La vida son ciclos, María, y ahora empieza otro nuevo. Has llegado hasta aquí tú sola, pese a todo. Sí, con el apoyo de Andrés, pero ya no está; tienes que seguir. Mira a Carmen y Miguel, ahí están. Chon no te va a dejar nunca —me dije mirándome al espejo mientras me secaba las lágrimas.

—Alexa, reproduce *Broken and Beautiful* en Spotify.

—Aquí tienes *Broken and Beautiful,* de Kelly Clarkson, en Spotify.

Y, poniéndome el pijama, cantaba y lloraba a la vez, animándome yo a mí misma, allí sola en casa a las doce de la noche. Eso sí, el volumen no fue muy alto. Al acabar la canción me metí en la cama hasta el día siguiente.

Cuando me levanté por la mañana, borré el número de Andrés. Comenzaba un nuevo ciclo y, con todo el dolor que ello me suponía, tenía que borrar todo aquello que fue y no volvería a ser. Cogí un cuaderno en el que había ido escribiendo todo aquello que no me atreví a decirle a Andrés, lo metí en un sobre, puse un sello y escribí la dirección de Andrés.

Después desayuné y comencé el nuevo ciclo de la vida. Me acerqué a un centro comercial a revelar fotos de la noche anterior. Cogí la que me saqué con Carmen y Miguel y la coloqué en el salón junto con más fotos de mi familia.

El lunes volví al gimnasio, intentando no mostrar ni un ápice de la tristeza que de vez en cuando venía a mí.

—López, ¿qué te pasa que estás que no estás centrada? —me dijo Elena.

—Nada, que es lunes. —Reí—. Dame tiempo.

Durante esa semana Miguel no fue ningún día al gimnasio; la siguiente, tampoco. Le preguntamos a Carmen si ella sabía algo.

—No, no sé nada, yo no tengo su número ni nada, solo lo veía aquí en el gimnasio. Lo mismo se ha ido con sus hijos por Navidad.

Lo que Carmen no sabía es que Miguel no tenía hijos.

Aquel mismo día que le preguntamos a Carmen por Miguel, yo trabajaba por la noche. Al llegar al hospital, mis compañeros estaban trabajando; me lavé para dar el relevo.

—María, acabamos de empezar, es una laparotomía de un señor con un neo de colon y van a ver si le hacen una ostomía porque está obstruido. Aquí te tengo los mosquitos, bengoleas y dos portas, luego aquí abajo está el resto; súbete, si quieres, un par de clanes, no me ha dado tiempo.

—Vale, perfecto, no te preocupes, Inés. Descansa —le dije a mi compañera.

—Buena noche, María. Buena guardia —dijo Inés quitándose la bata y los guantes.

Durante la intervención, los cirujanos decidieron hacer una resección del tumor. En ese momento el paciente comenzó a empeorar su estado, le bajó la tensión arterial. Los cirujanos no veían ningún sangrado, se apresuraron a cerrar el abdomen y realizar la colostomía lo antes posible, mientras los anestesistas se apresuraron a estabilizarlo.

—Pedid una cama a la UCI. Cuando terminen nos lo llevamos dormido e intubado —dijo una de las anestesistas.

—Vale —dijo una de mis compañeras cogiendo el teléfono para llamar a los celadores—. Hola, llamo del quirófano de urgencias, id a la UCI a por una cama.

—Tss, diles que traigan monitor con arteria y respirador —le dije.

—¡Ah! Y traed monitor con arteria y *respi,* que va a ir intubado.

Consiguieron estabilizar al paciente, los cirujanos habían terminado de cerrar el abdomen y estaban comenzando a realizar la ostomía.

—Lucía, trae un bote grande para mandar la pieza a anatomía patológica —dije.

—¿Qué tal está el paciente? —preguntó uno de los cirujanos—. Ya nos queda poco.

—Bueno, estar, está, bien, no mucho, le hemos tenido que poner «nora», no sé si luego aguantará, a ver qué le decís a la familia.

—Pues a ver si localizamos a alguien, porque a este señor lo ha traído la ambulancia y ha venido solo.

—En la historia tiene aquí uno —dijo Lucía.

—Sí, pero ese es el del paciente, no nos vale.

—Y no hay nada de que haya venido a alguna consulta o algo con alguien o la historia de primaria —dije.

—Nada, este hombre estaba más sano que una rosa, o eso pensaba él, porque mira qué tenía… Ha debido ser militar porque tenía MUFACE —dijo uno de los cirujanos—. Tijera y otro punto, por favor.

—Lucía, ve preparando los apósitos, el disco y la bolsa.

Una vez los cirujanos acabaron la intervención, Lucía y yo realizamos la cura de la incisión en el abdomen y de la colostomía.

—Espera un momento… —dije revisando que no quedaba nada de instrumental en el campo quirúrgico—. Vale, tira de ahí, yo me quedo sujetando la bolsa.

Al retirar la sábana que cubría la cabeza del paciente no pude creer lo que vi. Aquel paciente que estaba tan grave era Miguel. Al verle, sentí un vuelco en el corazón, yo quería llegar a su edad en tan buena forma como él, pero resultó ser que Miguel nunca se había percatado de su enfermedad, que comenzó a dar la cara el día de la cena con la gente del gimnasio. Aquel día comenzó con dolor en el abdomen y diarrea; él pensó que algo de la cena le habría sentado mal, quizás el sorbete de mandarina, ya que él no solía tomar alcohol. Pero ese dolor no se pasó nunca, fue a más. Un día comenzó a marearse y fue entonces cuando llamó a emergencias para que acudiesen a su casa para llevarle al hospital.

Me vi entre la espada y la pared; cuando iba al gimnasio quería decirle a todos los que preguntaban por Miguel lo que había pasado, en especial a Carmen, quien no era la misma desde que Miguel había comenzado a faltar tanto al gimnasio.

A los tres días volví al trabajo y pregunté por «aquel paciente del neo de colon que no tenía familia»: había fallecido al día siguiente de la operación. Pregunté cómo habían hecho con el tema de la familia y me dijeron que consiguieron contactar con un vecino que tenía un restaurante y él fue el que se encargó de todo el papeleo de la funeraria, etc., de Miguel.

Por ley yo no podía revelar ninguna información de ningún paciente que hubiera recibido en la realización de mi trabajo, por lo que pensé en ir a tomar algo al restaurante del vecino de Miguel, donde fue la cena de Navidad, y allí preguntarle discretamente al dueño por Miguel.

Cuando volví al gimnasio una mañana de viernes, propuse invitar a mis compañeros de batallas a una caña o refresco porque había sido mi santo, y es que el hecho de llamarse María, por primera vez tenía ventajas, y era que había tantas santas Marías que cualquier día podía ser mi santo.

—A ver, una cosa: ayer fue mi santo —mentí—. No he traído churros, pero podemos ir al restaurante de la cena a tomar un café, un refresco o lo que os apetezca, pago yo y no está muy lejos.

—López, qué generosa, yo no puedo que tengo que ir a hacer unas gestiones —dijo Elena.

—Pues nosotras sí vamos —dijo Inma mirando a Carmen.

—Bueno, pero una cosa breve, tengo que hacer la compra —respondió Carmen.

—El resto, a ver.

—Venga, va, sí, una cañita después del gimnasio.

De camino al restaurante, Inma le preguntó una vez más a Carmen por Miguel; a las dos les extrañaba.

—… Bueno, Miguel dijo que el dueño del restaurante es su vecino, lo mismo él nos puede decir algo —dijo Carmen.

Respiré hondo por no tener que ser yo quien le fuese a preguntar al dueño del restaurante por Miguel.

—Hombre, los *fitness*. ¿Qué hacéis por aquí con las mallas? —nos recibió el dueño del restaurante.

—Ha sido el santo de la niña y nos quiere invitar a unas cañas, no le íbamos a rechazar tal invitación —respondió Mar.

—Caña para todos entonces —dijo el camarero.

—No, yo una manzanilla —dijo Carmen.

Entre el sonido del hervidor, Carmen intentó preguntar por Miguel, pero el dueño del restaurante no le pudo escuchar. Según le sirvió la manzanilla, Carmen le preguntó:

—Perdone, ¿sabe si Miguel se fue con sus hijos o algo en Navidad? Lleva sin ir al gimnasio mucho tiempo y se nos hace muy raro.

—¿No os lo han dicho? Miguel se murió hace dos semanas. Debía tener cáncer.

—¡¿Cómo?! —exclamó Carmen.

A mí se me cortó la respiración.

—Por lo visto, ni él lo sabía, empezó que le dolía la barriga y un día llamó a la ambulancia, le operaron y le hicieron cosas, pero lo debía tener ya muy extendido.

Los ojos de Carmen se pusieron vidriosos, pero no llegó a salir ninguna lágrima.

—¡Por Miguel! —dijo Juan levantando la caña de la barra.

Todos brindamos a la salud de Miguel, menos Carmen, que estaba cabizbaja pero sin llorar. Me extrañó. Inma se percató de que estaba observando a Carmen y me contó su historia. Fue entonces cuando entendí que Carmen había recibido tantos reveses de la vida, que uno más solo le suponía un poco de tristeza, pero rápido se recompondría y seguiría con su vida.

Hace unos meses, Carmen se ha despedido de nosotros, se ha ido a vivir a Suiza con sus hijas. Le pedí la dirección de correo para mantener el contacto con ella; nunca fue de tecnologías. En realidad, le acabo de enviar una copia de la foto de la cena de Navidad en la que salimos los tres: Miguel, Carmen y yo. Creo que le gustará.

Por otro lado, mi vida sigue siendo igual. Bueno, igual, igual, no del todo. Decidí hacer otro viaje sola, esta vez a ver a Andrés, sin avisar. Cuando me vio, casi le da un infarto, me explicó que había conocido a una chica con la que había empezado una relación, que no me dijo nada porque él pensaba que yo estaba enamorada de él y no quería hacerme daño. Entonces le conté la historia de Carmen y Miguel, y que hay formas muy especiales de querer, aunque en realidad no estoy segura de no haber estado enamorada de Andrés. Siempre le he tenido un cariño y aprecio muy especial, y como nunca he sabido lo que es el amor de verdad, no sé si aquello lo fue.

Tras aquella breve conversación, le di un abrazo y le deseé lo mejor.

—Me alegro por ti, sé muy feliz y cuídate —le dije.

—¿Estás molesta? —me preguntó.

—No, la vida son ciclos y el nuestro ya pasó. Mira, Carmen, sigue, y así voy a seguir yo.

—Cuídate tú también.

—Sí, el gimnasio se encarga de ello. —Y me fui.

Según caminaba de espaldas a Andrés podía haberme girado a ver si él seguía allí mirando cómo me iba, pero eso solo pasa en las películas. En la vida hay que seguir adelante, sin mirar atrás.

Seguir adelante como Carmen siguió sin Nicolás y con sus hijas a miles de kilómetros.

Adelante como siguió Miguel sin Sonsoles ni Carlota.

Adelante como sigo yo, sin Andrés, sin Carmen, sin Miguel ni mi abuela Chon, quienes, con su gran experiencia en la vida, tanto me han enseñado de ella y tanto me han inspirado. Por quienes día a día me sigo levantando para ir al gimnasio, a trabajar o simplemente disfrutar un día más de la vida.

FIN

Agradecimientos

A ti, querido lector, gracias por haberle dado la oportunidad a esta pequeña obra sin conocerme de nada. Gracias por acompañar a María en lo atropellado de su vida como adulta. Espero que te haya gustado, hayas disfrutado y que coincidamos pronto.

Gracias también a mi familia y a las pocas personas conocedoras de esta afición mía por la escritura, porque ellos han confiado más en mí que yo misma.

Puedes mandarme tu opinión a:

fraile.writes@gmail.com.

Y, por supuesto, gracias a ExLibric por darme la oportunidad de dar mis primeros pasos en el mundo literario. Espero que sea el comienzo de un gran camino.

En las siguientes páginas te dejo un pequeño regalo.

La *playlist*

Si quieres escuchar las diferentes canciones que salen
a lo largo de esta historia, escanea el QR correspondiente.

Bombón - Daddy Yankee ft.
El Alfa & Lil Jon

All Falls Down - Alan Walker ft.
Noah Cyrus
with Digital Farm Animals

Titanium - David Guetta ft. Sia

Sun Is Shining - Axwell ft. Ingrosso

Cynical - Twocolors
ft. Safri Duo & Chris de Sarandy

A tu vera – Lola Flores

Pena, penita, pena – Lola Flores

Dos gardenias – Antonio Machín

Helium – Sia vs. David Guetta
& Afrojack

Broken & Beautiful – Kelly Clarkson

Índice